Band 1080 der Bibliothek Suh

Alexej Remisow
Gang auf Simsen

Erzählung
Aus dem Russischen übertragen
von Annelore Nitschke

Suhrkamp Verlag

Originaltitel des erstmals 1929 in Belgrad
veröffentlichten Buchs: Po karnizam

Erste Auflage 1991

Satz: MZ-Verlagsdruckerei GmbH, Memmingen
Druck: Nomos Verlagsgesellschaft, Baden-Baden
Printed in Germany

Gang auf Simsen

SIMSE

In meiner Kindheit las ich keine Bücher. Als meine Altersgenossen Mayne Reid,* Cooper und Jules Verne verschlangen, hatte ich noch keine einzige Zeile gelesen. Später, mit dreizehn, änderte sich alles, und ich konnte nicht verstehen, was vorher mit mir war; ich hatte ein ganz eigenes Leben gelebt.

»Bücher liest man, wenn das Leben schwer ist!« So würde ich es heute sagen, aber damals sagte ich es nicht, doch es war mein Gefühl. »Und weshalb Mayne Reid und Cooper ––?« – »Dieses armselige Leben, man muß es doch ausfüllen, da liest man eben!« So würde ich es heute sagen. Folglich ist ein Buch entweder »zum Entfliehen« oder »zum Ausfüllen« da. Ich brauchte aber nichts dergleichen. Mein Leben war reich, jede Minute genutzt, für alles mögliche – heute begreife ich nicht, weshalb und wozu ich das alles brauchte.

Von meinen drei Brüdern waren zwei mondsüchtig. Unsere Zimmer lagen im Hochparterre, im Sommer klemmten hölzerne Gitter in den Fenstern, man konnte nur die Hand durchstecken. In mondhellen Nächten kletterten die Mondsüchtigen aus dem Fenster und wanderten auf dem Sims entlang. (Für sie hatte man sich später die Gitter ausgedacht!) Am unheimlichsten war es, wenn sich die beiden mit ausgestreckten Händen begegneten. Ihnen machte es nichts aus (für sie war es, als gingen sie in der Luft – der Mond hielt sie!), es mitanzusehen, war jedoch sehr unheimlich. Ich dagegen bin nicht mondsüchtig, und weder im Schlaf noch bei Mondschein suchte ich je die schwindelerregenden Simse.

»Klettert nicht auf den Hühnerstall, das Dach ist durchgefault, du wirst mit dem Fuß einbrechen!« Ich hörte es und wartete nur auf eine Gelegenheit, und wenn niemand da war, kletterte

* Thomas Mayne Reid (1818-83): engl. Autor von Abenteuerromanen. (Anm. d. Übers.)

ich todsicher auf den Hühnerstall. So ging es mir auch mit den Leitern: Es gab eine am Fabrikgebäude – für den Fall, daß Feuer ausbrach! Der zweite Stock war damals sehr hoch für mich! Die Leiter war aus Holz und irgendwann einmal weiß gestrichen, das konnte man durch die Ausstiegsluken sehen. Auch wenn niemand es gesagt hätte, wäre es sofort aufgefallen, daß die Leiter morsch war, sie hielt nicht nur keinen Stiefel aus, auch kein Vogel setzte sich darauf. Ich aber kletterte auf ihr herum, trunken vom Gedanken: Gleich bricht sie zusammen und ich stürze ab! Auch wenn wir Boot fuhren, setzte ich mich immer mit Fleiß so hin, daß das Boot umkippte. Oder ich beugte mich absichtlich weit vor – an einem tiefen Abgrund –, um eine Blume zu pflücken. »Das Begehen der Eisenbahngleise ist streng verboten« – klar. Ich schnappte mir ein paar Kameraden, und wir gingen dort, wo das geschrieben stand: Wir suchten uns die Gleisdreiecke aus, wo die Lokomotiven manövrierten, damit uns der Dampfstrahl traf und wir nicht mehr wußten, wohin. Auch wenn die Feuerwehr heranraste und der Verkehr seitlich aufs Trottoir auswich, überquerten wir wieder im Schwarm die Straße. »Was wäre, wenn sie mich überfährt oder ich stürze oder das Boot umkippt oder ich unters Rad komme, oder was wäre, wenn ––?« So würde sich dieses Gefühl heute äußern, dieser absonderliche Schauer, der mich an lebensgefährlichen Stellen ergriff, auf der Leiter, zwischen den Lokomotiven, vor der Feuerwehr und an tiefen Abgründen – »auf Simsen«.

Mein eigenartiges Leben verlief auf Simsen, gewohnten Wegen für einen Mondsüchtigen, für einen »normalen« Menschen, wie ich es war und den Bescheinigungen der Ärzte und wohlmeinender Menschen zum Trotz noch bin, war es schwindelerregend.

Das Verhängnisvollste für den Mondsüchtigen ist der Anruf: Er erwacht und kann dem Unheil nicht mehr entgehen! So geschah es auch mir, dem Nichtmondsüchtigen, auf meinen Simsen: Man rief mich an, und ich war wie erwacht, mich rief – (der

Gedanke?) – »wozu und weshalb?« –, und ich erwachte. Doch wie entsetzlich ist es, aufzuwachen und mit vorgestreckten Armen auf einem Sims zu stehen!

An einem Sommersonntag kurz nach den Prüfungen hatte ich mich mit einem Klassenkameraden verabredet. Kennen Sie Pomjalow? Uns verbanden die Fehler – ich machte das eine falsch und er genau das Gegenteil – »*Pomjalowische Fehler*«* und »*Remisowische Fehler*«, außerdem wurden wir beide in Russisch nachgeprüft. Ich wollte ihn besuchen. Er wohnte auf der anderen Seite der Brücke über den Moskaufluß, gleich hinter Ljublino: die Ziegelfabrik Pomjalow & Poimanow. Am frühen Morgen traf ich aus Moskau in Ljublino ein und ging auf den Gleisen weiter. Über die Brücke zu gehen, war verboten, doch es war niemand da, und so ging ich hinüber.

Mußte ich früher über solche Brücken gehen, sah ich immer nur die Bohle, auf die ich trat, an Spalte zwischen den Bohlen kann ich mich nicht recht entsinnen, ich hatte natürlich auch nie in einen Spalt geblickt ––. Völlig unerwartet, ich war schon ein gutes Stück gegangen, kam mir ein Zug entgegen. Ich begreife es nicht (ich bin doch nicht mondsüchtig!), daß ich nicht kopfüber ins Wasser stürzte, mit solcher Wucht traf es mich, doch ich habe noch deutlich vor Augen: Als die Räder davongerattert waren – es waren unendlich viele Räder! – und ich wieder allein auf der Brücke stand, da erblickte ich unter meinen Füßen Spalte und in den Spalten zwischen den Bohlen Wasser – und ich mußte hinuntersehen, ich konnte mich nicht vom Fleck bewegen und kaum die Füße heben.

Ich war plötzlich erwacht.

Da hatte ich die Bescherung! Jeden Morgen ging ich durch den Nachbarhof zur Schule, in diesem Hof gab es viele Hunde, nie hatten sie mir etwas getan, aber jetzt war kein Durchkommen: Es waren so kleine, bissige Köter; sowie sie mich erblickten, fielen sie mich an, die ganze Meute. Ich schüttelte sie nicht ab

* Alle kursiv gesetzten Textstellen stehen im russischen Original deutsch. (Anm. d. Übers.)

und rannte nicht weg, das Herz rutschte mir in die Hose, ich konnte kaum die Füße heben, wie auf der Brücke nach jener Begegnung, und war voller Entsetzen, daß morgen dasselbe passieren könnte. Beim Überqueren der Straße blickte ich mich jetzt um und schreckte unter den Schreien der Kutscher zusammen, die Leitern aber – von denen man herunterfiel! – bemerkte ich nicht, nein, ich hatte Angst, sie auch nur anzusehen.
Ich – war »über die Brücke gegangen« und auf ganz anderem Boden aufgekommen!

Nicht weit von uns wohnte ein alter Deutscher, Gymnastiklehrer. Gymnastik lehrte er niemanden, vielmehr sammelte er Schmetterlinge. Untertags und abends konnte man ihn mit seinem Schmetterlingsnetz und einer Schachtel antreffen. Er ging an den Zäunen entlang und spähte aus, ob nicht irgendwo angeschmiegt ein Schmetterling saß. (Ringsum waren Gärten: der Chludowsche, Naidjenowsche und Woroninsche.) Dann ging er nach Hause und verteilte sie – steckte sie, nach Schachteln sortiert, in Nestchen: eine Wand aus Schachteln! Zigarrenkistchen. Äther und Zigarren – das ganze Zimmer war davon erfüllt. Er sammelte Moskauer Schmetterlinge – und in seiner Sammlung hatte er sie alle, Schmetterlinge jeder Art, nur einen nicht: Sein Traum war es, diesen Schwalbenschwanz zu finden! Doch wo in Moskau gab es Schwalbenschwänze?! Wenn man ihn schon suchte, dann sollte man lieber irgendwohin nach Serpuchow oder Podolsk fahren. Der Alte fuhr nirgendwohin. Nach dem Abendrundgang, wenn er die Lampe anzündete, den grünen Schirm über den Augen befestigte und sich an den Tisch setzte, die Schmetterlinge mit Äther vergiftete und sie in den verschiedenen Schachteln auf die Nadeln spießte oder wenn er aussägte und klebte, erwachte im Zimmer ein besonderes Leben, es hatte das scharfsichtige Auge der Libelle und den zupackenden Griff des Hirschkäfers.

Selten ein Abend, an dem ich nicht zu dem Alten lief. Ich kannte alle Moskauer Schmetterlinge, und mit einem gewissen Wehgefühl (früher hatte ich dies nie verspürt) begann ich mit ihm zusammen von dem Schwalbenschwanz zu träumen. Wir mußten ihn unbedingt in Moskau finden. Über irgendeinen aschgrauen Schmetterling gebeugt, erzählte der Alte unter seinem grünen Schirm hervor gemächlich vom Schwalbenschwanz – von diesem ungewöhnlichen, ungreifbaren Schmetterling: »blau auf gelb, und scharlachrot am Körper.« Besonders, wenn Wolken aufzogen – nachts würde es gewittern! –, verwandelte sich das Zimmer mit den Schmetterlingen in einen lebendigen Raum, und dieser Geruch – Zigarrenkisten und Äther –, Atem dieses Lebens, und der »Schwalbenschwanz«, Traum dieses Lebens, waren grell und scharf.
An einem späten Abend, es war dunkler als sonst – Wolken zogen auf –, ich war von dem Alten zurück, da kam eine Frau zu uns ans Tor. Der Hausmeister rief: »Sitzt auf der Bank und schweigt.« Wir stürzten sogleich alle zum Tor hinaus, um nachzusehen: Sie sitzt wie taub, ist aber nicht taub, das merkt man, sie will einfach nicht antworten, und schaut, scheint aber nichts zu sehen. Wir bestürmten sie mit Fragen, alles vergebens, aber es war ja schon Nacht, was sollte man mit ihr machen? Der Hausmeister war vernünftig: Man dürfe sie nicht in die Nacht hinausschicken, vielleicht sei sie eine Geistesgestörte und aus dem Krankenhaus entlaufen, wer wisse das, eine Sünde wär's, man würde sie aufs Revier schleppen.
»Oder auf die Nadel aufspießen!« Ich erinnere mich genau, der Hausmeister sagte es lachend, jetzt verstehe ich es, aber damals prägte sich mir nur ein: »auf die Nadel aufspießen.«
Vielleicht schien es mir auch nur so: aus meiner Begeisterung für Schmetterlinge heraus!
Sie ging in die Hausmeisterwohnung. Die Wohnung war groß. Wir rannten heim und holten Tee, Zucker und Brot. Der Samowar wurde aufgestellt. Wir setzten uns mit ihr an den Tisch, bewirteten sie mit Tee und Brot – sie aber schaut, als sie sich

hingesetzt hat, und sieht nichts, und sowie sie zu sich kommt, rutscht sie kläglich hin und her – sucht mit den Augen und erstarrt wieder. Der eine Hausknecht steht vor dem Tor, der andere hat sich bis zur Ablösung auf seinen Schafpelz auf der Hängepritsche zum Schlafen gelegt. Man zerstreut sich allmählich. Nur ich bleibe. Die Augen fallen mir zu, aber ich gehe nicht weg, warte auf irgend etwas, wache. Die Lampe über dem Tisch ist eine gewöhnliche Küchenlampe, aber so grell – greller als ein »Blitzstrahl«, und der Samowar blinkt heller als ein Feuerwehrhelm – ich halte es nicht aus und schlafe ein. Plötzlich sticht es, ich zucke zusammen und wache auf –

> und sehe weder den Samowar noch die Lampe, nur sie sitzt am selben Platz gegenüber: Sie knöpfte den Kragenknopf auf – wollte sie sich die braune Jacke ausziehen? – und plötzlich entflammte sie: Himmelblau auf Gelb und scharlachrote Gerinnsel zum Rand hin – sie schaute aus dem Licht, ich sah es, oder erblickte sie mich? Sie erblickte mich! – und seltsam glühend rieselten das Gelb und das Himmelblau und das Scharlachrot herab, und jeder Funke floß. Ich wollte fragen, wer sie war und weshalb sie uns aufgesucht hatte. Aber sie bewegte so den Kopf – sagte nichts! – und schaute nur bitter und mitleidig zugleich –

Als ich am Morgen in der Hausmeisterwohnung erwachte, war niemand da.

Ich hatte gleichsam noch eine Brücke überschritten und war auf wieder anderem Boden aufgekommen – seither ist in mein tiefes Innere ein neues Gefühl getreten. Ich, der ich nie ein Buch zur Hand genommen hatte, trennte mich seither nicht mehr vom Buch, doch nun schon als Erwachsener; Mayne Reid, Cooper und Jules Verne übersprang ich. Riß ich mich vom Buch los – es drängte mich, alle möglichen Fabelgeschichten zu erfinden! –, ging ich in meiner Welt herum, ohne etwas zu be-

merken, und was ich auch fabulierend ausheckte, war zum Lachen und zum Grausen.
Seltsam: Weder den Alten noch seine Schmetterlinge sah ich wieder. Ich erinnere mich, daß ich gleich am nächsten Tag zu ihm hineilte und ihm erzählen wollte, doch man ließ mich nicht zu ihm: Der Alte sei krank. Ich kam noch einmal, wieder durfte ich nicht zu ihm hinein. Dann – eine Woche und noch eine – und schon waren weder der Alte noch die Schmetterlinge mehr da, jetzt wohnte der »böse« Friseur, Pawel Alexandrowitsch Worobjew, in der Wohnung: dieser Pawel Alexandrowitsch! (Einmal hatte ich ihn gebeten, mir die Haare an den Schläfen und im Nacken nur wenig zu schneiden, aber er schnitt sie ganz kurz, der Böse!) Er erklärte, daß irgendein Verwandter (wahrscheinlich ein Schwager) zu dem Alten gekommen sei und ihn nach Berlin geholt habe.
Dennoch sah ich den Alten wieder: Ich bekam zufällig den »Nußknacker« in die Hand, mit Bildern; ich blättere das Buch durch – Droßelmeier! –, ich sehe genau hin, ja, das ist er, natürlich! Mit ihm hatte ich meine Abende verbracht und vom Schwalbenschwanz geträumt!
Und auch das feurige »Schwalbenschwanzgewand« jener sonderbaren Frau, die sich zu uns verirrt hatte, sah ich viele Jahre später wieder – hier in Paris auf der Avenue Mozart –, und da war auch das Gefühl, als wäre ich wie auf einem Sims über eine Brücke gegangen, die über einen Abgrund führt. Am Abend las ich *»Die Elixiere des Teufels«* laut, und in der Nacht träumte mir: Ich sehe E. T. A. Hoffmann und bitte ihn: »Wollen Sie mir etwas aus Ihren Erzählungen geben?« Ich sehe, daß er einverstanden ist – und da – alles an ihm erglüht – merkwürdig – in Blau auf Gelb und Scharlachrot zu den Rändern hin, und Gelb und Blau und Scharlachrot glimmen, und jeder Funke fließt.

Esprit

Über ihn selbst

Ich fand ihn in der Küche in der Kiste unter dem Herd – bei den Kohlen. Er liegt im Eckchen – zart und fein, zwei Arme, drei Beine, wie es sich gehört; und daneben ein Kiefernzapfen. Der Zapfen war mürbe, ich verbrannte ihn im Kamin. Und ihn hängte ich auf Silber – an die Wand: zart und fein, zwei Arme, drei Beine, wie es sich gehört. Ich bemerke: Nachts spürt man im Zimmer etwas wie Mißmut, ich schaue zur Wand – zart und fein, zwei Arme, drei Beine; er wirkt unfroh. Auch mir ist nicht froh zumute. Ist es der Zapfen? »Hast du Sehnsucht nach deinem Zapfen?« Ich versuche, ihn zum Reden zu bringen – er antwortet nicht, schmollt nur. So kam der Frühling. Kohlen wurden nicht mehr gebraucht. Ich säuberte den Kamin, ging in die Küche und tastete in der Kiste unter dem Herd herum, ob nicht doch noch irgendwo ein Zapfen lag. Nein, nur hier ein Flaumfederchen, sonst nichts. Die Kastanie unter dem Fenster blühte auf. (Deshalb heißt unsere Straße auch Villa Flore, wegen der Kastanien!)
Abends, wenn im Haus das elektrische Licht brennt und aus allen Fenstern in allen Stockwerken Licht fällt, steht die Kastanie da wie zu Weihnachten – ein dichter, hoher Tanenbaum mit schneeweißen Lichtern –

Koljada-Koljada
rusalnaja
werbnaja
lelija!*

Man kann sich nicht vom Fenster losreißen.
Aber er ist immer noch mißmutig! »Ich werde dir einen Zapfen besorgen!« sage ich und sehe: Er ist fröhlicher geworden und

* Weihnachtssingen/Pfingstsingen/Ostersingen. (Anm. d. Übers.)

bewegt sacht die Arme. Ich trug Bekannten auf: »Besorgt mir einen Zapfen!« So kam vom Atlantik, aus der Bretagne, zusammen mit drei Krebsscheren – die eine groß, die andere kleiner und die dritte ganz klein, ganz winzig – und einem mit Bläschen bedeckten Zweig Seegras der versprochene Zapfen zu mir. Ich hängte ihn zu ihm ans Silber: ein kräftiger, kerniger Zedernzapfen – er würde für den ganzen Winter reichen. »Da hast du ihn!« Und alles wurde ruhig. Wie vor dem Hahn – in unserem Hof steht ein Hühnerstall, da lebt ein Hahn! –, wenn der Hahn kräht, ist es genauso: Friede und Stille – er hat sich beruhigt.

Er heißt »Esprit«, auf russisch Korjabala, zu deutsch »Kratzkobold«.

Einmal besuchte mich ein Geisterforscher und erblickte ihn an der Wand:

»Woher ist der?« fragte er. »Der sieht ja aus wie auf der Photographie von Doktor Richet – ein materialisierter Geist!«

Ich sagte:

»Es ist ja auch ein Geist – ›Esprit‹, auf russisch Korjabala.«

Über die Maus

Wir hatten eine Maus in der Küche. Wegen ihr gab es viele Scherereien. Ich rührte sie nicht an, sie tat mir leid. Schließlich gab es bei uns ja nichts für sie zu fressen – die kleine Närrin! Was vom Mittagessen übrigblieb, schloß ich in den Schrank. Nur Abfälle. Ich machte ihr Loch ausfindig: unter dem Herd ganz in der Ecke hinter der Kohlenkiste, in der ich »Esprit« gefunden hatte. Dorthinein zerrte sie Papier und allerlei angenagte Bröckchen und herumliegende Rindenstückchen. Kam man am Abend in die Küche, um den Teekessel aufzustellen, da witschte sie – schschik! – weg und nur das Schwänzchen – tschik – spitzte noch wie ein junger Trieb hervor. Eine Gefahr gab es: Wenn die Maus entdeckte, daß das Futter nicht sättigte,

würde sie sich an die Bücher heranmachen – und meine Bücher wären hin! Immer mal wieder fiel einem die Maus ein – »Gefahr!« –, doch sie anzurühren, tat mir leid. Und ich hatte mich ja auch dran gewöhnt: In der Küche hauste die Maus.
Durch die Wand –

»un petit piège pour une petite souris«
– eine Falle für die Maus! –
»une tapette à souris pour attraper«
– einen Klopfer, um unsre Maus zu fangen! –
»une souricière«
– eine Mausefalle! –
»un attrappe-souris«
– eine Falle! –
»je vais la piger, cette souris«
– diese Maus, sagt er, kriege ich –
»à la bonne heure! C'est bien«
– je nun, Glück auf! –

Und das Allerschrecklichste:

»mort aux rats«
– Rattentod! – dieses furchtbare Gift.

Oft höre ich das durch die Wand; auf der anderen Seite spricht man über unsere Maus.
Ich errate: Die Maus wohnt bei uns und ernährt sich von den Nachbarn. Na, soll sie nur.

Einmal fuhr S.P.* ans Meer zu der guten bretonischen Fee Fleury, um Meerkiesel und Muscheln zu holen. Sie ermahnte mich, ich solle »unbedingt jeden Tag Mittag essen, nachts nicht so lange aufsitzen und schlafengehen, sobald der Hahn kräht«.

* Serafima Pawlowna, Remisows Ehefrau. (Anm. d. Übers.)

Da sitze ich nun am ersten Abend, an dem ich allein bin, an der Arbeit; meine Arbeit ist, Wörter wie Kiesel anzuordnen und Wörtermuscheln aufzureihen – hastig zu schreiben und dabei »das Material zu überwinden«, ganz durchdrungen vom Gefühl des harten Widerstands von Papier, Feder und Tinte! Zu später Stunde drehe ich mich vom Tisch zum Spiegel um – neben dem Spiegel auf dem Kamin steht eine Schlaguhr – und will auf die Uhr schauen. Da sehe ich – gar nicht weit von mir, mitten im Lichtstreifen, sitzt die Maus auf dem Teppich und streichelt sich mit dem Pfötchen hinterm Ohr. Wie aufmerksam – sie gibt sich Mühe. Ich denke: »Das ist mir ein kluges Mäuschen, es wollte sich bemerkbar machen!«

Ich freute mich riesig über sie: Ich war allein gelassen worden, die Maus hatte es begriffen und war erschienen, um Wache zu halten! – Ich begrüßte sie. – Doch weder meine Reden noch meine Regung – als ich mich umdrehte, um auf die Uhr zu schauen, und sie aufmerksam betrachtete – scheuchten sie auf. Die Maus blieb auf dem Teppich sitzen. Sie preßte ihr feines Mäulchen zusammen, spitzte hochgespannt die Ohren und bewegte das Schwänzchen hin und her. Auch am zweiten und am dritten Tag war es wie an diesem Abend: Die Maus war bei mir, saß da und hielt Wache.

Ich begann, die Maus zu hüten.

Eines Abends trieb der Regen den Musiker Schwarz zu mir herein. Es war allerdings weniger der Regen als vielmehr unsere gemeinsame Leidenschaft: Viele Abende hatten wir uns gemeinsam ans Ballett verloren, der Sommeranfang war für mich von Strawinskys Musik durchklungen gewesen, Picasso aber hatte meine Augen übermalt, und der Musiker ging schon nicht mehr normal, sondern verrenkte sich wie eine Spannraupe zu »Le train bleu«. Darüber sprachen wir auch – und über die Vierteltonmusik.

Na, die Maus geniert sich, in Anwesenheit des Musikers bei mir zu sitzen. Sie ist aufgeregt – ich sehe sie laufen – auf den

Kamin hinauf zur Uhr, in die Ecke zum Heizkörper und hinters Regal zu den Büchern.
»Was ist das? Flackert da das Licht oder ist es eine Maus?«
»Woher denn eine Maus?« sage ich. »Bei uns gibt es keine Mäuse. Sie haben etwas an den Augen.«
Tags darauf waren Muchin und Mirski bei mir, ebenfalls am Abend. Das Gespräch drehte sich um Stilfragen. Muchin redete.
Mirski saß nach alter Gewohnheit wie ein Löwe finster schweigend da.
Plötzlich entblößte er die Zähne:
»Haben Sie Mäuse?«
Doch auch jetzt verriet ich die Maus nicht. Ich wußte wohl, daß sie es war – es war genau die Zeit, ihre Stunde, in der sie Wache hielt.
»Na, hören Sie, wo sollten hier Mäuse herkommen!« sagte ich. »Das Licht flackert, das ist es!«
So ging es jeden Abend – die ganze Woche lang bewachte mich die Maus.
Da bekam ich einen Brief vom Meer: Morgen wollte S. P. wieder zu Hause sein. Den Brief erhielt ich mittags, abends blieb die Maus verschwunden – sie war weg und ließ sich nicht blikken: Sie hatte verstanden – und sich in ihr Loch verkrochen. Sie hatte ausgedient!
Wie klug doch diese Maus war! Sie behütete mich, während ich allein war, und ziselierte im Raum Muster wie ich meine Buchstaben auf dem Papier. Sie war meine Wächterin und der lebendige Schatten meiner Gedanken.

Die heilige Maus

Am Ammersee nicht weit von München steht auf dem »heiligen Berg« von Andechs ein Kloster – das Kloster Andechs. Während meines ersten ausländischen Winters in Berlin suchte ich im Kalender (im *Marianischen*) viel nach Hinweisen auf das »heilige Deutschland«. Ich wollte auch hier, in Deutschland, die Pfade finden, auf denen die Mühseligen und Beladenen wandeln, die sich nicht von den Menschen Trost ersehnen, die an unserer sündhaften Welt verzweifelt sind und des Wunders wegen – zur heiligen, durch den Glauben auf ewig geheiligten Stätte wandern. Und wie freute ich mich, als ich unversehens gerade an den heiligsten Ort des »heiligen Deutschlands« geriet.

Wir wohnten in Breitbrunn am Ammersee in der näheren Umgebung des Klosters und machten uns zu Fuß auf den Weg. Er führte uns durch den Wald, da traf ich auf sie – ein trockener Zweig lag auf dem Weg, ganz wie eine geflügelte Echse. Das war ein gutes Zeichen: »Andechs kommt von *Eidechse*, und *Eidechse* ist dasselbe wie Echse oder Blindschleiche!« Ich hob den Zweig auf, und wir erstiegen den heiligen Berg. Sanft und allmählich führte uns der Weg – die »Blindschleiche« – bis an die Mauern heran. Das Kloster ist sehr alt – es gibt eine heilige Quelle, Reliquien, eine Schule zu Ehren unseres Nikolaus (*St. Nikolausanstalt*) und die berühmte *Kloster-Brauerei*.

Ein Mönch zeigte uns die Sakristei. Was wurde dort alles im frommen Gedenken aufbewahrt: die Marternägel, ein Stachel aus der Dornenkrone, das Gewand Nikolaus des Gottgefälligen. Die Pilger folgten dem Mönch, hörten zu, staunten – und küßten die Schreine. Da sah ich etwas – und traute meinen Augen nicht: *das Bild des heiligen Mäuschens.*

Der Mönch wurde lebhafter und begann von der Maus zu erzählen, wie sie zu dieser Ehre und unter die »Heiligen« gekommen war.

Das war nämlich so: Als »Ungläubige«, entweder Schweden oder Ungarn, sich anschickten, das Kloster zu verwüsten, da versteckten die Mönche den Schatz in der Kirche unter dem Fußboden. Dieser Schatz enthielt auch die *Monstranz* mit der *Hostie*, es war eine wundertätige Hostie; zur Belehrung der Ungläubigen wurde das Brot während des Hochamtes durch

ein Gebet sichtbar und fühlbar in den Leib Christi verwandelt. Es vergingen hundert Jahre, und als wieder Friede eingekehrt war und das zerstörte Kloster wieder aufgebaut wurde, da wußte man aus der Überlieferung von dem Schatz, doch wo er versteckt war, daran erinnerte sich niemand. Die Mönche überlegten hin und her, fanden aber nichts heraus.
»Einmal während des Hochamts«, erzählte der Mönch, »sahen sie eine Maus unter dem Altar herauskommen. In ihren Pfötchen hielt sie ein Stück Papier, das zu einem Röhrchen aufgerollt war. Na, sie rührten die Maus nicht an, nahmen ihr nur die kleine Urkunde ab. Und wie sie draufschauten, was stand da geschrieben? – Da stand etwas über den Schatz. Sogleich hoben sie den Fußboden auf, genau an der Stelle, wo die Maus saß, und fanden alles: die Monstranz wie auch die wundersame Hostie.«

Ein Maus zeigt durch den Zettel an,
Wo man das Heiligtum finden kann.

Die Pilger hörten andächtig zu – wie klug die Maus war!
Der Mönch ging weiter, und ich sah sie auch die Maus küssen. Da saß sie, gemalt, mit Barthärchen und kerzengeradem Schwänzchen. Und auch ich küßte sie – die heilige Maus!

Gespenst

Dies nun fand ich nirgendwo, dieses kam von sich aus.
Samstag mittag war der Schriftsteller Scholz da – ich erinnere mich, daß er aus Riederau kam (Riederau liegt auch am Ammersee, wie Andechs), abends waren Kaiser und Ossipow bei mir. Und am Morgen – Frühling! – drangen das Sonntagsläuten von Altmoabit und aus dem Tiergarten die Wolke der austreibenden Bäume und mit dem grünen Frühlingswehen das tiefe Geläute der Gedächtniskirche zum Fenster herein, und man

wußte nicht, ob man in Moskau war oder in Berlin. Da klingelte es: das Telephon! Ich ging hin und sah: Auf dem Telephonbuch neben dem kleinen Spielzeugtelephon lag der Balg, ich könnte gar nicht sagen, was für einer: kohlschwarz – Ohr oder Auge – und lauter Schwänze ... weich!
Ella und Elsa, als die ihn erblickten –
»*Ah*!« riefen sie gleichzeitig aus. »*Das ist ein Gespenst*!«
»Ein Gespenst!« Na, sie erkennen es natürlich leichter: Ihr Blick ist klar und noch nicht mit Dingen zugestellt, schließlich zählt ihr Leben auch erst zehn Lenze.
Doch weder Rudolf Scholz, ein Mann vom Schlag Tolstois, noch Rudolf Kaiser, Philosoph und Redakteur der »*Neuen Rundschau*«, noch Ossipow konnte ihn mir heimlich eingeschleppt haben, keiner dieser drei, daran zweifelte ich nicht. Ja, es war von sich aus gekommen – das Gespenst!
Das Gespenst ist wie ein Bruder von »Esprit!«
Nur damals wußte ich noch nichts von Esprit. Wir wohnten in Berlin in der Lessingstraße, und ich hieß auf deutsch *Remersdorf*. So nannte mich Frau Karus, die morgens zu uns kam, um die Zimmer aufzuräumen, und nach ihr nannten mich die Kinder so: die kleine Schusterstochter und alle ihre Brüder und die Kinder des Besitzers der Kohlenhandlung, wo man Briketts kaufte, und das Portiersmädchen und alle Kameraden, Freunde und Bekannten, mit denen sie herumzogen – zwischen Tiergarten und Altmoabit – und dort, in Charlottenburg rings um die Kirchstraße, wo wir früher gewohnt hatten. Sie stehen unter dem Fenster – unsere Wohnung befindet sich im ersten Stock über der Drogerie, die Fenster sind offen, mein ganzes Zauberzimmer liegt vor Ihnen! – Sie stehen im Schwarm unten und rufen: »Herr Remersdorf – Herr Remersdorf«. Sie rufen so lang, bis man hinausschaut, wie das Gespenst persönlich. Von Esprit erfuhr ich erst hier, in der Villa Flore, als ich mich unverhofft und überraschend aus Remersdorf in Remoz verwandelt hatte. Ich glaube, ich kann eine ganz richtige und durchaus sinnfällige Beziehung herstellen:

$$\frac{\text{Remersdorf}}{\text{Alexis Remoz}} = \frac{\text{Gespenst}}{\text{Esprit}}$$

Blickt man abends bei elektrischem Licht von draußen durchs Fenster, erscheint mein Zimmer wie ein Zauberreich. Die Spinne – sie hat direkt über meinem Tisch in alle Ecken Fäden gespannt, und an den Fäden entlang ziehen sich die Opfer zu ihr hin – kleine Spielzeugtiere: Löwen, Nashörner, Wölfe, Zebras, Pferde, Kühe, Ziegen, Böcke, Hirsche, Schweine, Füchse, Frösche, Hasen, Hähne, getrocknete Blumen, Blätter, Ästchen, Würzelchen, Sterne; dann der Neffe des U-Bahn-Manns (Metromanns), der dem alten U-Bahn-Mann hilft, nachts in der Metro die Schräubchen zu prüfen, schwarz wie das Gespenst und ganz in Draht und Schwänze eingesponnen, das Auge wie ein Lämpchen, und das Gespenst selbst – diese Spinnenopfer wie auch der Neffe des U-Bahn-Manns und das Gespenst ziehen die Kinder an.

Wenn ich sie nach langem Rufen für einen Augenblick zu mir heraufhole und der Schwarm lärmend zu mir hereinstürzt, wie viele Händchen strecken sich da zu den Opferfäden aus!

»Das *Pferdschen*! Das *Pferdschen*!«

Jedesmal sage ich:

»*Zu Weihnachten.*«

Und Frau Karus erklärt – ich hörte es nicht nur einmal –, daß für die Spinne nichts mehr übrigbliebe, wenn man jeden Abend die Pferdchen abnähme, daß es aber zu Weihnachten etwas anderes sei. Das wäre dann *das Geschenk*.

Von draußen kann man auch einen Teil der lebendigen Zauberwand sehen – es ist die Wand, die meinem Tisch gegenüberliegt – dort sehen Sie:

> das Gerippe eines Tannenbaums durch – das Ansehnlichste! – den Schweif der Hexe Baba-Jaga, neben ihr fliegt ein Tannenzapfen und hinter diesem ein Flattergeist;

Mischa der Bär läuft auf Skiern mit dem Stock waldein, waldaus übers freie Feld und fürchtet niemanden;
die geflügelte Eidechse – Jaspisauge (es ist dieselbe, die wir auf dem Weg nach Andechs gefunden haben): sie liegt in trockenem Laub;
der Zwerg mit der roten Mütze – er ist ein Gärtnertroll, weil er eine Gießkanne in der Hand hat;
Hähne und Hühner picken und schütteln leicht die Schwanzfedern;
der U-Bahn-Mann (Metromann);
der graue Stauberich, der auf der Straße Staub aufwirbelt, an den Füßen hat er Autoreifen;
der Waldgeist, ein zottig bemooster Greis;
die schwarze Flederkatze;
das Klingglöckchen;
das Plauz-Pardauz-Teufelchen in Rot mit der Gabel;
das schwarze Holterdiepolterteufelchen;
das kleine, feine Äffchen pirscht sich durch, stets auf der Hut;
der silberne Sternsinger-Stern fliegt wie ein Schweif über der Baba-Jaga dahin;
die vier Michel – vier Pfefferkuchen;
der fünfte in der Mitte; aus weißem Zuckerguß steht »*Michel*« drauf wie auf den Schweinchen in Paris auf dem Pfefferkuchenmarkt;
das Gockelhähnchen springt aus seinem Häuschen, kräht und verschwindet wieder;
der Affenmagnat mit der Krone – »Großohngröße«;
unter dem Magnaten geht der Affe (am Schnürchen);
der froschähnliche Springauf-Hampelmann;
der Hase – *Schneehase* – weiß, wie ein Schneeball;
der Ästchenmönch Taubenfreund;
die zwei zerbrochenen Michel – sehr furchterregend;
das Mäuschen und das Mauseboot;
das Affenbanner;

der weiße Hund Schumka, »den die Wölfe gefressen haben«;
»das Treffen der Köter«;
das Wachtelweibchen und das gelbe Vögelchen;
die Pfeifen: eine lange Rohrpfeife, ein Vogelpfeifchen, eine Ratsche aus dem Schwarzwald, zwei Vogelstimmenlockpfeifen, eine Londoner Swjatopolk-Mirski-Trompete;
die bayrische Porzellanpfeife
und der nörglerische Griesgram.

Der Kinderschwarm steht unter meinem Fenster – verzaubert; die Passanten – spähen zu mir herein.
Von allen Kindern aber hängen Ella und Elsa am stärksten und zärtlichsten an den Spielsachen.
Schon im ersten Jahr unseres Berliner Lebens, als sich bei mir gerade – wie einst in Rußland – allerlei ... Gespenster einzustellen begannen und die Wand hinaufkletterten, schon in der Kirchstraße also schlossen Ella und Elsa sie auf den ersten Blick ins Herz und mich dazu.
Ich erinnere mich, wie einer der drei vom Kontrollausschuß des Wohnungsamtes kam – als Ausländer hatten wir ein Recht auf zwei Zimmer zur Untermiete –, kurz hereinschaute und mich sogleich abstempelte: »*Naturforscher*«. Ella aber begrüßte sowohl mich als auch das Feuermännchen (ebenfalls ein Zwerg), und als sie sich verabschiedete, kraulte sie auch Kolowertysch den Bart, als ob sie ihm Lebewohl sagen wollte. Beim nächsten Mal brachte sie Elsa mit. Elsa begrüßte das Feuermännchen mit einem »Nasenkuß«.
Ella ist die Tochter der Waschfrau, Elsa – weiß ich nicht.
Ella ist weißblond, wie im Märchen, Marienflachshaar, Elsa wirkt schwarz, wenn sie beide mit weit aufgerissenen Augen Kopf an Kopf meine Wunderdinge betrachten.
Ella ist forsch, sie kann auch französisch: »la vache« (die Kuh); Elsa spricht leise, und ihre Augen haben einen klagenden Aus-

druck; Ella erklärte mir, daß Elsa sehr arm sei, oft kränkle und kein einziges Spielzeug besitze – das war, als sie Peter ins Charlottenburger Schloß »spazieren« zerrten (Peter ist ein Kater, ihrer beider Liebling), es war so lustig, und Ella war so ausgelassen, Elsa aber –

Ich war Zigaretten kaufen gegangen und sah plötzlich einen Haufen Kinder, die irgend etwas zerrten und schrien; sie hielten kurz inne, und wieder erschallte ihr Geschrei durch die Straße. Ich holte sie ein: »Was ist los?« Sie schrien: »Peter! Peter!« und zeigten ihn mir. Ich sah den Kater, eingehüllt in Lumpen, mit einem Bändchen. »Wohin wollt ihr?« *»Nach dem Schloß, spazieren!«* Und wieder schrien sie los. Ich ging ihnen nach.

Sehr verwunderlich, Erwachsene, besonders aber Kinder – ich habe es auch hier in Paris bemerkt – halten mich oft an: »Wie spät ist es?« Aber zu meinem Leidwesen ist Rechnen für mich, na, ich kann es einfach nicht, immer verwechsle ich die Zahlen – und ausgerechnet mich fragt man ... Ich trug damals noch eine Uhr bei mir. Ich ziehe also die Uhr heraus, schaue drauf und sage nach langer Pause etwas. Weiß Gott, was ich das eine und andre Mal verwechsle.

Über den Kater – damals, als ich mit dem Kinderhaufen ins Schloß ging und das mit der Uhr war – schloß ich auch mit allen anderen Bekanntschaft. Ich hatte in Charlottenburg viele kleine Freunde. Und sie verspotteten mich nie mehr und schrien mir nie mehr »Ausländer« nach.

Als wir in die Lessingstraße umgezogen waren, hatten wir lange kein Telephon, ans Telephon aber bindet uns eine russische Gewohnheit, es ist, als fehle einem ständig etwas, man langweilt sich, da schenkte uns die gute Fee Coucou ein winziges Spielzeugtelephon. Und als das echte angeschlossen wurde, blieb das Spielzeugtelephon daneben stehen.

Ella kommt die Wäsche holen oder bringt sie, und immer ist

Elsa dabei, sie begrüßen das Feuermännchen und Kolowertysch, vertilgen rasch *die Kuchen* (ich hebe ihnen immer Kuchen auf), betrachten eingehend die Spinne und alle Spinnenfäden mit den Opfertieren, werfen einen Blick auf die Zauberwand mit der Baba-Jaga und auf das Spielzeugtelephon – und sprechen lange miteinander: Es gefällt ihnen sehr.
Eines Morgens machte Frau Karus das Zimmer sauber, und ich sah, wie sie stutzte und etwas suchte, dann aber die Suche aufgab.
»Wo ist das Telephon?«
»Na, da«, sage ich, »beim Telephon!« Ich verstehe, welches sie meint.
»Da ist es nicht!«
»Schauen Sie gut hin, vielleicht ist es hinterm Telephonbuch?«
»Nein!«
»Aber wo sollte es denn hingeraten sein?«
»Jemand hat es mitgenommen.«
Doch wer hätte es nehmen sollen? Tags zuvor war der Ingenieur Schaposchnikow da gewesen – er kam aus Paris, aber er brauchte kein Telephon: Paris ist eine telephonlose Stadt! Der Schriftsteller Burow hatte hereingeschaut und das Telephon aufmerksam betrachtet, das hatte ich bemerkt, doch weshalb hätte er es mir wegnehmen sollen, da er doch gekommen war, um mir aus der Klemme zu helfen; am morgigen Tag mußte die Miete bezahlt werden! Es war noch der Anwalt Schustow da gewesen, der hatte im Gehen mit irgend etwas gespielt, vielleicht hatte Schustow aus Versehen das Telephon eingesteckt, nein, Schustow wäre nicht auf so eins aus, wenn schon eins, dann ein schnurloses! Die Streichhölzer waren weg! Doch das war der Philosoph Bykow – ewig diese Raucher! Ich sagte Frau Karus nichts von Bykow, sondern etwas ganz anderes:
»Streichhölzer sind kein Telephon, das Telephon braucht niemand. Wahrscheinlich ist es hier irgendwo dahintergerutscht. Ich werde es selbst suchen.«

Aber Frau Karus schien plötzlich eine Erleuchtung zu haben:
»Die Mädchen haben es Ihnen geklaut! Das krieg ich raus.«
Frau Karus war sehr aufgeregt und konnte sich beim Weiterputzen gar nicht beruhigen.
»Wenn sie jetzt anfangen, Telephone zu klauen«, sie blieb mit der Bürste stehen, und ihre Lippen zitterten, »dann werden sie, wenn sie zwanzig sind, das ganze Haus ausräumen!«

Frau Karus ist praktisch, vernünftig und »gottesforsch« (eine alte Deutsche aus Petersburg hatte sich einmal, abgeleitet von »gottesfürchtig«, als »gottesforsch« bezeichnet).
Frau Karus kann sich einfach nicht damit abfinden, daß der Kaiser Deutschland in die Revolution schlittern ließ, vor allem aber kann sie nicht verzeihen, daß er wieder heiratete. Sie stammt von den Masurischen Seen, hat aber ihr ganzes Leben in Berlin verbracht. Die heimatlichen Sümpfe hat sie nicht vergessen und kann nicht verzeihen, daß dort im Krieg so viele Russen umgebracht wurden. Bei der Erinnerung daran droht sie – sie steht dann mit der Bürste da, und ihre Lippen zittern. Sie liebt große Leichenbegängnisse: Sie war auch dabei, als der ermordete türkische Botschafter beerdigt wurde und als der bevollmächtigte Vertreter der Sowjetunion, Worowskij, aus der Schweiz nach Berlin gebracht wurde. Im Gegensatz zu den anderen glaubt sie an Geister und Zwerge, liebevoll betrachtet sie das Feuermännchen und tätschelt ihm dann und wann die Nase. Kolowertysch ist ihr freilich gleichgültig, na, das darf man ihr nicht übelnehmen! Das Feuermännchen kommt aus dem Herzen Deutschlands, das der Welt »Weihnachten« offenbart hat – denn nirgendwo auf der ganzen Welt ist die heilige Nacht so wie die deutsche Weihnacht, Ostern wiederum ist nirgendwo sonst so schön wie in Rußland! Das Feuermännchen ist ein echter Deutscher (es sorgt für Licht und Wärme!), Kolowertysch aber (der Hexenknecht!) kommt aus dem Muro-

mer Wald. Frau Karus nun begibt sich schon dreißig Jahre lang Sommer für Sommer am Abend der Johannisnacht vor die Stadt hinaus nach Teubitz und tanzt dort um Mitternacht den Hexenreigen ums Feuer.

Wie ich während meiner Zeit in diesem alten Land, das so gar nicht wie Rußland ist, bemerkt habe, scheint man hier normalerweise kaum an Geister oder Zwerge, Raseter oder Kelpis zu glauben.
Wir waren nach Oberammergau zu den *Passionsspielen* gefahren, es gab aber keine freien Zimmer, und so blieben wir in einer Hütte in Unterammergau, wo man Übernachtungsgäste aufnahm. Am Morgen warteten wir auf den Zug, ich saß mit unserer Wirtin auf der Bank und wanderte mit den Augen den Berg hinauf.
Ich fragte: »Wie ist denn das, machen Ihnen die Berggeister nichts aus?«
Sie lächelte.
»Die Zwerge?« sagte ich.
Sie lächelte wieder – oder erinnerte sie sich an irgend etwas?
»Nein«, sagte sie, »es gibt keine Geister und keine Zwerge mehr. Dafür gibt es hier einen Russen, einen Gefangenen. Der ist aber friedlich.«
Und jetzt auch in Karlsbad, der Sommer ist heuer verregnet – seit dem Morgen regnet es, wenn es sich doch wenigstens etwas aufhellen würde.
Einmal sage ich zu Fräulein Marie – sie macht unser Zimmer sauber:
»Wenn Sie doch nur auf den Berg steigen und den Zauberer fragen könnten, wann es endlich schön wird.«
Sie: »Zauberer gibt es nirgends mehr.«
Natürlich, denke ich, wenn es weder Geister noch Zwerge gibt, weshalb sollte es dann Zauberer geben.
»Wissen Sie«, sage ich, »da beobachten jetzt allerhand

Gelehrte durchs Fernrohr den roten Stern Mars, und zwar von Ihren böhmischen Bergen aus, wo es, wie Sie sagen, keine Zauberer mehr gibt. Mir hat aber ein Bewohner von dort, ein »Marsmensch«, erzählt – es gibt nur einen einzigen auf dem ganzen Erdball und der lebt in Moskau, der Schriftsteller Viktor Schklowski nämlich –, daß es auf diesem roten Stern wegen eines Schlucks Wasser eine solche Spannung gegeben hat – was Durst ist, wissen Sie ja selbst –, daß man dort anfing, sich Gedanken zu machen, wie man Wasser gewinnen und aufbewahren könnte, und man erlangte einen so hohen Wissensstand und baute so raffinierte Maschinen, daß sich ein ganz bescheidener Ingenieur, na, wie hier unser Nachbar, plötzlich in einen Zauberer verwandelte. Da tauchten auch wieder die Geister und Zwerge auf, das heißt, man erblickte sie wieder – sie hatten sich nirgendwohin verkrochen! –, na, die elektrischen, drahtumwickelten Zwerge eben.« Fräulein Marie hört zu und staunt: Wenn doch nur auch mal eine vom Mars nach Karlsbad käme! Hatte ihr die Amerikanerin einen grünen Pullover geschenkt, dann würde ihr die Marsfrau wahrscheinlich ein ganzes Kleid schenken!

Ich aber hatte so meine eigenen Gedanken:

»Vielleicht ist das ja alles durchaus Rechtens«, dachte ich, »und auf einer bestimmten Stufe des menschlichen Geistes durchaus hygienisch für ihn selbst, wenn er sich vom Aberglauben abwendet: von Volksglaube und festen Vorstellungen, von alldem, was man Aberglaube nennt, der den menschlichen Willen schwächt, den Menschen bindet und in dauernder Angst hält –– ja, zuweilen muß man die Hände losbinden, damit alles vergeht – Geister und Zwerge –, muß dem Menschen seinen Willen und seinen Kopf lassen und damit Energie wecken – ihn mit Hilfe der Arithmetik, von den vier Grundrechenarten bis zur Kettenrechnung, zu eigenständigem Handeln stoßen –, mit Hilfe der Arithmetik, die zur Mathematik führt – zur höheren Mathematik, der Strudel der unendlich kleinen Größen aber schwappt hinüber, dahin –– und dann werden sie sich wieder zeigen: die Geister wie auch die Zwerge –, doch du bist nicht eingeschüchtert, nicht in die Enge getrieben, nein, auf dem Kopf die Hahnenkrone, in der rechten Hand die Dreischwänzige, in der linken den Kranz und Beine wie Schlangen – nicht umsonst befindet sich in Paris, mitten im mathematischsten Volk der Welt, das Richet-Institut, wo man Geister photographiert –

Nein, die Masurischen Seen sind nicht die böhmischen Berge, oder vielleicht liegen sie nur näher beim zauberreichen Litauen – jedenfalls sprang Frau Karus jeden Sommer in der Johannisnacht voll inbrünstigen Glaubens an das reinigende Feuer im Reigen um den Scheiterhaufen herum.

Am Abend erschien unvermutet Frau Karus.
Sie hatte es herausbekommen: Das Telephon hatte Elsa genommen!
»Ellas Vater läßt Sie was fragen: Er hat das Gespenst bei ihr gefunden; Ostern hat sie es mitgebracht und hergezeigt und versichert, Remersdorf hätte es ihr geschenkt. Jetzt hat der Vater Zweifel bekommen und zu ihr gesagt: ›Du rührst dich nicht vom Fleck, bis du es zugegeben hast!‹«
Frau Karus brachte diese Worte mit demselben Gefühl vor, wie sie es sonst tat, wenn sie bei der Erinnerung an ihre heimatlichen masurischen Sümpfe, in denen so viele Russen umgebracht worden waren, irgend jemandem mit der Bürste drohte.
Ich schaute zur Spinne, wo, wie ich mich erinnerte, das Gespenst an einem Faden gehangen hatte ––

das Gespenst war weg.

»Nein, ich habe Ella das Gespenst nicht gegeben.«
Es klingelte: der Spielzeugmacher Smirnow.
Spielsachen! – den ganzen Tisch schüttete er mit bunten Tonpfeifchen aus Wjatka voll.
Wir knipsten das Licht an, und ich beschäftigte mich mit den Pferdchen und Ziegen. Faszinierend und wunderbar: der Norden – Rußland – auf Silber und Schnee brennen hell wie die Lichter der Nordnacht buntfarbige Moose.
Frau Karus war gegangen: Sie war irgendwie unbemerkt gegangen, ich hatte es gar nicht mitbekommen.
»Vielleicht hätte ich lieber sagen sollen: Ich habe ihr das Gespenst geschenkt! Und Ella, wenn sie käme, erklären sollen, daß ich ihr das Gespenst natürlich gegeben hätte, wenn sie mich darum gebeten hätte. Aber jetzt –– ›Du rührst dich nicht vom Fleck, bis du es zugegeben hast!‹ Und da sagt Frau Karus: ›Remersdorf hat ihr das Gespenst nicht gegeben!‹«
Dieser Gedanke blitzte in meinem Kopf auf und ging in den bunten Wjatka-Pfeifchen und Smirnows Geschichten über Nestorytsch, den alten Zauberer, unter.

Nestorytsch

Nestorytsch ist ein alter Mann von über achtzig, aufrecht und lang, und auch sein Bart ist lang, weiß mit grünlichem Schimmer, und immer trägt er einen knielangen Kittel aus Sackleinen, der mit einem Baststrick gegürtet ist, nur beim Gottesdienst in der Kirche trägt er einen schmalen Gürtel mit einem Gebet drauf; im Winter hat er eine Jägermütze aus Hasenfell auf, im Sommer einen Hut, einen Filzhut, und wenn der Alte bei den Bienenstöcken herumgeht, setzen sich die Bienen auf seinen Filzhut; seine Stiefel sind mit Teer eingeschmiert, aber Hosen hat er an, als sei er auf Brautwerbung gegangen.
Sein Haus steht draußen auf dem Berg, dort hat er auch

seinen Garten und seine Bienen. Am Fuß des Berges ist ein Flüßchen, und in dem Flüßchen gibt es Gründlinge – für die Fischsuppe in der Fastenzeit.
Seit fünfzig Jahren arbeitet Nestorytsch als Küster, und sonntags beim Hochamt trägt er über dem Leinenkittel ein rotes Band, so breit wie ein Handtuch: die Goldmedaille »für Diensteifer«. Seine Alte ist die »Ba«. So betitelt sie Nestorytsch, und so tun es auch die Leute hinter seinem Rücken. Trocken ist sie wie eine verdorrte Tanne und schweigsam, ein stilles Wasser. Na, und wenn ihr was nicht paßt – »ich geh!« und fährt ihm über die Glatze. »Ach, Ba!« sagt der Alte, und damit hat sich's: Ihr ganzes Leben lang sind sie beisammen, und ohne seine Alte ist ihm der Ofen kein Ofen und Wärme nicht warm.
Kommt Nestorytsch am Sonntag nach der Kirche heim, geht er ins Haus und wünscht seiner Alten als erstes einen schönen Sonntag. »Na, Ba, hol was zum Mittagessen!« Sogleich zeigt ihm die Alte, was es gibt: wie die Quarkküchlein zur Kohlsuppe sind, und wie die Kohlsuppe ist, und die Buchweizengrütze mit Zucker und Speiseöl und obendrein Apfelkuchen und Kwas. Nestorytsch bestellt auch selbst den Acker, er ist in der Kirche und im Garten und bei den Bienen, und Fische fängt er, aber das Haus – das Haus ist das Reich seiner Alten: »Ba!«
In der linken Ecke unter den Ikonen steht ein uralter Sessel aus Mahagoni – die ganze Rückenlehne und die Armlehnen sind dicht mit Baststreifen vollgehängt: Haben sie Kringel gekauft, darf niemand sie anrühren, gleich löst er selbst die Schnur und dann in den Sessel damit, der Ordnung halber und für eine passende Gelegenheit. In seinem langen Leinenkittel mit der Goldmedaille am roten Band setzt sich Nestorytsch in seinen Bastsessel aus Mahagoni im Ikonenwinkel und schaut einen an – die Strenge selbst blitzt aus seinen Augen, schwätzt du etwas Dummes daher, säbelt er dich mit seinem Blick ab, streng ist er. »Von

Versprechungen, Bruder, werde ich nicht satt!« sagt er, und seine Stimme knirscht wie der Schnee unter den Kufen, und sein Blick ist eiskalt! Ein ganzes Leben lang vergißt man es nicht und hütet sich, gutgläubige Menschen mit schönen Worten abzuspeisen.

»Eine abscheuliche Angewohnheit ist das«, knarrt der Alte, »schlimmer als Trunksucht, der Trunkenbold säuft – sich selbst zum Schaden, aber dieses Gesindel, das Versprechungen macht, tut sich selbst immer nur groß und läßt dem anderen – nichts!«

Wegen seines strengen Blicks und seines offenen Wortes war Nestorytsch gefürchtet – man fürchtete ihn, achtete ihn jedoch.

Auf hundert Werst im Umkreis und weiter – bis nach Kaluga hin – vertraute man ihm: Es war ein Durchgangsdorf – man fuhr viel in Geschäften hin und her, nach Kaluga und zurück –, bei ihm konnte man unterstellen, was man wollte, alles blieb heil und unversehrt, als paßte man selbst drauf auf. Und das tat man auch, was man nicht alles bei ihm ließ! – treue Hände.

Nestorytsch brachte den Kindern Schreiben und Lesen bei, auf seine Weise, nämlich singend: »a-be-be«, »cede-a-ce«, »e-e-ef-ge«. Na, als dann die Schulen aufgemacht wurden, ließ er das Schulmeistern bleiben und war immer nur bei den Bienen und beim Gottesdienst in der Kirche. Da kam dann auch sein Ruhm auf: als »Zauberer«.

Ja, er war tatsächlich ein Zauberer: Hätte vielleicht ein normaler Mensch so etwas gekonnt! – Das Blut besprach er und gegen Schlangenbisse wußte er ein Zauberwort, und wenn jemand was am Zahn hatte – er legte ein Zettelchen mit einem Gebet auf den kranken Zahn, und der Schmerz ließ nach.

Vor allem aber bewirkte dieser Ruhm, als er sich festigte, daß alle auf Nestorytsch zu hören begannen und ihn als Zauberer fürchteten –– Einmal hatten sich Kinder in seinen Garten geschlichen und die Birnen vom Baum geschüttelt! Plötzlich bemerkte es der Alte – alles war weg: Wer war das? Das ließ sich leicht herausbekommen, alle waren Nachbarn, und da kam auch schon die Mutter der Kinder.

»Waren das deine Kinder?«

»Ja.«

»Schick sie her!«

Sie tat's – »Das war das letzte Mal, daß ihr gestohlen habt!« rief sie aus. Sie rannten barfuß zu dem Alten hin – drei Buben und drei Mädchen. Und heulten! »Wir haben sie unterm Baum gefunden!«

»Hol euch der Teufel!« sagte der Alte. »Wenn ihr noch mal meine Birnen stehlt, stillgestanden!«

Da standen sie still und wagten nicht, auch nur zu heulen.

Der Alte ging ins Haus und holte groben Zwirnsfaden.

Alle Kinder band er an die Vortreppe an.

»Wer sich losreißt – und losreißen nützt nichts –, dem geht es schlecht!«

Drei Stunden hielt er sie an dem Faden fest – drei Stunden lang rührten sie sich nicht, wie festgebannt.

Allein schon beim Gedanken an Nestorytsch verließ sie der Mut zu stehlen, ja auch nur daran zu denken. Und nicht nur die Kinder – Kindern macht das ja nichts aus! –, sondern auch die Erwachsenen, die großen Leute.

»Wenn er das mit den Kindern angestellt hat«, sagten sie, »was haben wir dann erst zu erwarten: mit uns wird er noch ganz anders umspringen!« Und schon verbreitete sich die Kunde, und nicht nur bis Kaluga – was war schon Kaluga! –, sondern sogar bis Moskau: »ein Zauberer«.

Ich begleitete Smirnow bis zur Klopstockstraße, an der Ecke gingen wir in die Weinstube, um noch ein Gläschen Tarragoner zu trinken – wir sprachen wieder von Nestorytsch. Ich ging nach Hause und legte mich sofort schlafen.

Am nächsten Morgen mußte ich früher aufstehen und ins Polizeipräsidium am Alexanderplatz gehen, wegen des »gelben Papiers« (*Personalausweis*) – alle drei Monate mußten wir diese Aufenthaltsgenehmigung erneuern –, mir war das immer ein Greuel. Es gab ein paar Glückspilze, die sich »für immer«, »unbefristet« und »bis zu« etabliert hatten, aber mir war das nicht gelungen, und alle drei Monate wartete ich zitternd darauf, daß mir das »gelbe Papier« ausgestellt würde. Nie war ich sicher, sondern, im Gegenteil, immer auf das Schlimmste gefaßt, nicht nur auf Ablehnung, sondern auf Ausweisung, so etwas hatte es auch schon gegeben.
Ich weiß nicht, ob es der Tarragoner war oder die Hoffnungslosigkeit und Unruhe vor dem Polizeipräsidium, ich schlief sofort ein.
Plötzlich war mir, als erhielte ich einen Stoß, aus dem Traum heraus erinnerte ich mich an irgend etwas – ich erinnerte mich an das Telephon, an Ella, Elsa, Frau Karus und an das Gespenst ––
Ich stand auf, knipste das Licht an, schaute zur Spinne hinauf und wanderte mit den Augen die Fäden entlang –– da sah ich ganz hinten in der »Gauklerecke«, neben der Londoner Swjatopolk-Mirski-Trompete, das Gespenst:

Das Gespenst hing am Faden!

Deutlich erinnerte ich mich, wie ich an Ostern auf einen Stuhl gestiegen war, mit einer kleinen Schere den Neffen des U-Bahn-Mannes abgeschnitten und ihn Ella gegeben hatte.
Doch der »Neffe«, obgleich ebenfalls geschwänzt und schwarz, war doch ganz und gar nicht das »Gespenst«! Welches Gespenst hatte denn nun Ellas Vater in ihrer Spielzeugkommode gefunden, in der Bändchen, Weihnachtssterne und allerlei Zuckerengel aufbewahrt wurden? Und welches Gespenst hatte Ella vorgezeigt, das ihr angeblich »Remersdorf zu Ostern geschenkt hatte«? – Ich hatte Ella den »Neffen« gege-

ben! – Vielleicht hatte Ellas Vater den »Neffen« für das »Gespenst« gehalten, war er doch schwarz, geschwänzt und hatte ein Auge wie ein Lämpchen! – ja, und Ella selbst –– Frau Karus aber war da gewesen und hatte gesagt: »Remersdorf hat ihr das Gespenst nicht gegeben!«
Ich schaute noch mal zur Spinne und den Opferfäden – das Gespenst hing am Faden, der »Neffe« aber war weg –

> natürlich, ich hatte damals den »Neffen« abgeschnitten und Ella geschenkt, und Ella hatte ihn als das »Gespenst« ausgegeben!

Ich knipste das Licht wieder aus.
Doch ich schlief nicht mehr ein.
Was hatte ich nur getan? Ich hatte sie verleumdet! »Du rührst dich nicht vom Fleck, bis du es zugegeben hast!« Dabei hatte ich es ihr geschenkt! »Nein, Remersdorf hat es ihr nicht gegeben!« Folglich hatte sie gestohlen. Ella hatte das Gespenst »gestohlen«, na ja, den »Neffen« eben, den ich ihr geschenkt hatte, das war ja gleich. Wenn man das mit einem Erwachsenen machte, ihn verleumdete – aber wir haben uns ja an alles gewöhnt, natürlich ist das nicht schön, aber schließlich kann man vom Menschen alles erwarten, auch das Allerletzte –, Verleumdung, das Allerletz ... dabei war doch Ella gerade erst zehn Lenze alt, und jetzt fiel schon dieser schwarze Schatten auf ihre Seele – Verleumdung. Noch dazu hatte sie mich nicht einmal gebeten, ich selbst war auf den Stuhl gestiegen und hatte den »Neffen!« mit der kleinen Schere abgeschnitten und ihr gegeben, ich hatte damals gesehen, wie sehr er ihr gefiel, sie trug ihn fürsorglich wie das Katerchen, wie Peter, auf ihren Armen nach Hause. Und nun stellte sich heraus, daß ich ihn ihr nicht gegeben hatte! »Remersdorf hat es ihr nicht gegeben!« Na –– also mußte sie es gestohlen haben. Und was dann ... ein Mensch ... und nicht mehr nur ein Spielzeuggespenst, sondern ein echtes, die schrecklichste Spukgestalt, stand jetzt wie in

einem furchtbaren Traum vor ihr. Oder: Wenn man dir das nächste Mal etwas schenkt, dann laß dir eine Quittung dafür geben wie bei der Wäsche, die du in Empfang nimmst, eine Quittung, daß dies ein Geschenk ist, sonst wird man – damit muß man immer rechnen! – sagen: Er hat es nicht gegeben, also hat sie es gestohlen. Nein, nein, lieber ganz weg von den Leuten und sich irgendwo verstecken. »›Er hat es nicht gegeben!‹ Wie ist das möglich ––?«
Und wie ich mir das alles so vorstellte, konnte ich nicht nur nicht einschlafen, sondern wußte auch nicht, wohin mit mir, wie mich hinlegen.
Ich zündete ein Streichholz an und schaute auf die Uhr: zwei Uhr.
Zwei Uhr! Frau Karus war um acht gegangen, also befand sich ein Mensch schon sechs Stunden in der Finsternis dieses brennenden, schwarzen Gefühls, zum ersten Mal verleumdet worden zu sein.
Doch was sollte ich tun?
Plötzlich fragte ich mich:
»Was hätte wohl der Dichter B. gemacht?«
Vielleicht weil er, der Litauer, der Finsterste und Schweigsamste war ––
»Er ginge jetzt gleich, obwohl es Nacht ist, in die Kirchstraße, wo Ella wohnt ...«
Ich stockte.
»Aber wie komme ich in die Wohnung? Berlin ist nicht Moskau und nicht Petersburg. Na, in Moskau oder Petersburg hätte man zu jeder Stunde der Nacht beim Pförtner klingeln können, der hätte geöffnet, man hätte ihm ein Trinkgeld gegeben, an der Wohnung geläutet, den Vater geweckt – was hätte man sonst tun sollen? – ihm alles erzählt und ihn über das Gespenst aufgeklärt, daß nämlich der ›Neffe‹ nicht das ›Gespenst‹ war und ich Ella den ›Neffen‹ gegeben hatte, nicht jedoch das ›Gespenst‹, und wenn Ella nicht schliefe, und wahrscheinlich wäre sie nicht eingeschlafen – ihre Seele war verdüstert,

schließlich war es das erste Mal! –, dann hätte man sie beruhigt. Doch in Berlin gibt es keine Pförtner, und den Portier klopft man nicht heraus – davon kann jeder ein Lied singen, der einmal in der mißlichen Lage war, seinen Wohnungsschlüssel vergessen zu haben! –, unter den Fenstern zu pfeifen, nützte auch nichts; wenn es vereinbart worden wäre, hätte man um drei oder vier aufgemacht, aber so – weshalb? Ich hätte auch nicht aufgemacht: Na und, da pfeift jemand, das gilt wahrscheinlich den Nachbarn! So hätte ich gedacht, und jeder würde so denken. Folglich konnte niemand etwas tun, man mußte eben warten ––«

Ich weiß nicht, wie ich es bis zum Morgen aushielt.

Die ganze Nacht tat ich kein Auge zu. Nachdem ich mich mit dem Gedanken beruhigt hatte, daß es auch nicht in B.s Kraft gestanden hätte, irgend etwas zu tun, wenn er an meiner Stelle gewesen wäre, fühlte ich mich befugt, nicht aufzustehen, wälzte mich im Bett und ging alles von vorne durch. Ich fing bei Ostern an, als ich den »Neffen« verschenkt hatte, den, daran zweifelte ich jetzt nicht mehr, Ella wie auch ihr Vater für das »Gespenst« hielten.

Im Polizeipräsidium war ich der erste. Keinerlei Schlangen. Und ohne jedes Stocken und Warten erhielt ich das »gelbe Papier«. Doch das stimmte mich überhaupt nicht froh – dabei fühlte ich mich sonst in diesem Augenblick immer unabhängig und gleichberechtigt: Ich konnte weitere drei Monate in Ruhe leben, man wies mich nicht aus Berlin aus, und falls irgend etwas sein sollte, konnte ich immer dieses gelbe Papier vorzeigen!

Nach der Polizei mußte ich zu unserem Einwohnermeldeamt im Tiergartenviertel. Ich fuhr mit der Stadtbahn und fand es seltsam, daß alles so war wie immer: In den Wagen aß man Butterbrote, auf denen kein bißchen Butter war, zwischen den Graubrotscheiben klebte vielmehr noch etwas anderes Graues,

Fettiges – ein Graus für mich! –, nämlich Schmalz; wie immer brauste der Zug schnell dahin, bei den kurzen Aufenthalten drängelten die einen hinaus und die anderen herein. Die nächtliche Pein verwischte sich, etwas anderes quälte mich jetzt: Wie sollte ich Frau Karus gegenübertreten, was ihr sagen ––? Und ich erschrak. Und tat absichtlich alles langsam, um diese Begegnung hinauszuzögern, es ging aber sehr schnell. Ganz unmerklich war ich bei unserer Station angekommen und sehr schnell beim Meldeamt angelangt.

Auch auf dem Meldeamt ging alles ohne jede Verzögerung, flink zog man die rosa und die grüne Karte aus dem Karteikasten, überprüfte sie und steckte sie in den Kasten zurück: »*es ist erledigt*!« – du kannst wieder drei Monate ruhig leben! – die Aufenthaltsgenehmigung für drei Monate. Wie glücklich wäre ich gewesen ...

Langsam ging ich nach Hause.

Wenn ich den Vertrag bei mir gehabt hätte, wäre ich in die Drogerie zu meinem Hauswirt gegangen und hätte die Miete bezahlt: Geld hatte ich, erst vorgestern war, wie ich bereits sagte, der Schriftsteller Burow bei mir gewesen und hatte mir aus der Klemme geholfen. Ach, zu einem anderen Zeitpunkt wäre dies ein weiterer glücklicher Augenblick gewesen – der dritte: Polizei, Meldeamt, Hauswirt. Noch einen Monat leben! Ich möchte so gerne weiterleben, das spüre ich besonders dann, wenn die Miete wieder fällig ist und ich auf das »Wunder« warte. Schließlich kann alles passieren, und eines schönen Tages – weshalb die Augen davor verschließen? – wird das »Wunder« nicht geschehen und dann ... Aber damals hatte ich Geld, ich hatte es auch schon zur Polizei mitgeschleppt, nur den Vertrag hatte ich nicht. Wie ärgerlich, ich hatte den Vertrag vergessen!

Noch langsamer stieg ich zu meiner Tür hinauf.

Vor der Tür zog ich meine Uhr heraus: »Mal sehn, wie spät es ist!« –– da war Frau Karus hinter mir, ich spürte es und drehte mich um:

Ja, es war wirklich Frau Karus: Sie bot einen ungewöhnlich feierlichen Anblick – in den Händen das Telephon, das Spielzeugtelephon, ganz winzig, kleiner noch als die allerkleinste Liliputanerstreichholzschachtel, aber majestätisch wie das Charlottenburger Schloß!

»Frau Karus!« Ich war vollkommen niedergeschmettert und fand keine Worte.
»Sie hat gestanden! Ella hat gestanden!« erklärte Frau Karus geheimnisvoll und feierlich.
Wir betraten gemeinsam die Wohnung und gingen geradewegs in mein Zimmer.
»Frau Karus«, begann ich, ganz durcheinander, »das Gespenst – –«
»Sie hat gestanden! Ich komm zu ihrem Vater, da hat sie's schon gestanden: ›Als Remersdorf aus dem Zimmer gegangen war, bin ich auf einen Stuhl gestiegen und habe das Gespenst mit der kleinen Schere abgeschnitten!‹ Morgen werden beide bei Ihnen erscheinen, um sich zu entschuldigen und das Gespenst zu bringen.«
»Frau Karus, ich habe es ihr geschenkt!«
Frau Karus schüttelte unwillig den Kopf:
»Wenn sie schon in dem Alter anfangen ... dann werden sie mit zwanzig ...«
»Frau Karus ...«
Ich wußte nicht mehr, was ich sagen sollte, nein, sie würde es ja doch nicht glauben, das sah ich: Sie denkt, ich wolle Ella in Schutz nehmen; aber ihrer Meinung nach darf man das auf keinen Fall tun, »weil, wenn sie schon mit zehn anfangen, Gespenster zu klauen, dann werden sie mit zwanzig das Haus ausräumen!«
Ich nahm die Schere, kletterte auf einen Stuhl und schnitt der Spinne ab, was gerade kam – Pferde, Kühe, Hirsche, Füchse, Frösche, Sterne. Ich füllte zwei Schachteln.
»Frau Karus, nehmen Sie das mit! Dies ist für Ella, und das für

Elsa. Und hier die Schühchen!« – Ich erinnerte mich, daß sie Ella gefallen hatten, und schnitt die roten Zauberschühchen ab, dann schnitt ich noch das flauschige, warme Äffchen ab, es zappelte am Faden –, das Äffchen für Elsa, die Schühchen für Ella.

»Ah!« Frau Karus blühte richtig auf, »*wunderschön*!« Ihre Augen wurden ungewöhnlich warm – »wunderschön!« – sie sah mich warm an.

Und mein Herz machte einen Sprung – vor jäh empfundener Freiheit –, als hätte sie mit ihrem Blick dieses Schwarze von mir genommen – diese Kette – diese Nacht.

»Frau Karus, aber das Gespenst, Sie haben es verwechselt, es war der ›Neffe‹, nicht das ›Gespenst‹, und ich habe mich auch geirrt, gleich zeige ich es Ihnen: bei der Londoner Swjatopolk-Mirski-Trompete, da –– dort hängt es am Faden, ich habe es in der Nacht gesehen!«

Frau Karus kniff die Augen zusammen: Sie sah schlecht.

Und ich sehe – es ist nicht zu sehen! –, bei der Londoner Swjatopolk-Mirski-Trompete ist kein Gespenst – das Gespenst ist weg.

La matière

Die Uhr

Die Uhr ist schwarz, eine Taschenuhr – eine ungewöhnliche: Die gewöhnlichen sind immer rund, aber diese ist quadratisch, wenn man will, kann man sie auf den Tisch stellen – man drückt unten auf den Deckel, der Deckel springt auf und bildet eine Art Ständer.

Ich arbeitete einmal in einem Uhrengeschäft, und an meinem letzten Tag schenkte mir der Meister diese Uhr. Dieser Tag war für mich ein bedeutender Tag: Nach vielen Jahren der Verbannung war ich zum ersten Mal wieder frei. Ich konnte fahren, wohin ich wollte, nur nicht nach Moskau und Petersburg, und ich konnte mir bei der Polizei einen unbefristeten Paß holen. Was für ein Glück: ein für allemal – unbefristet! – nicht mehr auf den Revieren herumlungern müssen mit allen möglichen »vorläufigen« Papieren, die der Erneuerung bedurften, oder, noch schlimmer, nur mit einem »Transitschein«. Mit diesem ungewöhnlichen Uhrengeschenk also reiste ich an jenem Tag von Wologda ab, meinem letzten Verbannungsort.

Alles, was ich geschrieben habe, ist unter strengster Aufsicht dieser Uhr entstanden. Vielleicht, ja wahrscheinlich, ist alles, was ich schrieb, belanglos und ohne Folgen – ganz unanschaulich, doch das ist ja das Vertrackte beim Schreiben! –, aber jedesmal, wenn ich etwas schrieb, schien es mir wichtig, und ich wollte auf dieser Welt weiterleben, um das Begonnene unbedingt zu beenden. Wie raste da die Uhr! Und ein andermal besann ich mich plötzlich und war bereit, die Zeiger zu zerbrechen und die Zeit anzuhalten.

Doch es gab auch andere Momente: Die Uhr schien stehengeblieben zu sein. Das war im Leben, wo ich mich immer wie ein Außenstehender fühlte, immer im Augenblick der Erwartung, immer wie in einem fremden Haus. (Ich hatte längst den Unter-

schied zwischen mir und denen begriffen, die »Hausherr« im Leben waren.) Und ich erstarrte fügsam mit der Uhr: Die Zeit gab es nicht, alles war gleichgültig, dem Schicksal überlassen!
Zwei Brände erlebte sie – ich konnte sie gerade noch vom Tisch nehmen und vor dem Feuer her durch den Rauch tragen. Drei Revolutionen überstand sie – ich hatte sie immer bei mir, trennte mich nie von ihr. Und wenn ich krank war, lehnte ich das Thermometer an sie. In todesschweren Augenblicken kam es vor, daß ich auf ihr einschlief. Und in der schwierigsten Zeit in Rußland, wie viele Scherereien hatte ich da mit dem Glas: Ich hatte es zerbrochen! Und es gab keine Uhrgläser und das, was es gab, nur »auf Warteliste«, doch ich beschaffte mir auch das Glas wieder und reparierte die Uhr.
Erst in der letzten Zeit, seit einem Jahr schon, trug ich sie nicht mehr bei mir: Sie war mir zu schwer – ich hatte sie ja in der linken Tasche! – und mein Herz ist wie das eines Vogels, dazu kam noch anderes, was sich widersetzte. Sie wurde mir zu schwer, ich nahm sie nicht mehr mit. Aber auf dem Tisch war sie immer bei mir: stets aufmerksam, doch auch streng. Und nun am zehnten August – verlor ich die Uhr.

Vorwort

Ich träumte von Pater Dalmat: Er stand in seiner ganzen Kirchturmgröße da, das violette Käppchen auf dem Kopf, den Stab in der Hand. Ich sitze in Prag in Pater Dalmats Zelle am Tisch, der mit Papier bedeckt ist, auch ich selbst bin mit Papier bedeckt, doch ich kann durch das Papier hindurch alles sehen. Pater Dalmat steht am Fenster neben dem gelben Schrank und deklamiert aus dem Moskauer Sammelband der Konstruktivisten »Tausch aller«. Gleich unterhalb seiner Schulter seufzt Pater Kulik, der wie gebrüht wirkt (das kommt vom Wanderwind!), sein

»Herr, erbarme dich!« Und plötzlich verschwimmt alles – der mit Papier bedeckte Tisch entschwebt, Pater Dalmat mit dem Stab und dem »Tausch aller« ist weg und auch Pater Kulik mit seinem »Herr, erbarme dich«. Das Fenster aber ist noch da, und neben dem Fenster in der Ecke der gelbe Schrank, und auf dem Schrank ein grüner Krug. Aus dem Schrank aber – seine Türen sind fest verschlossen – quetscht sich durch die Seitenwände, die er spaltet, als ob er sie durchsägte: klein und fein, zwei Arme, drei Beine, wie es sich gehört. Nur alles viel größer als in Wirklichkeit, unvergleichlich viel größer als jener Esprit, der bei mir auf Silber an der Wand hängt mit dem Kiefernzapfen, und greller, schauerlicher und zauberischer, wie im Strahl eines Scheinwerfers.

Das fünfte Bein

Ich verlor die Uhr, und damit fing alles an.
Nein, schon früher! In Prag waren die Wasserleitungen geplatzt – das hatte es noch nie gegeben, und nun ausgerechnet am Tag meiner Ankunft. Die Stadt hatte kein Wasser. Drei Tage war sie wasserlos. An den Fluß mochten wir nicht, wir hielten uns an Mineralwasser. Dabei war es gerade jetzt heiß – man hatte Durst. Ich entsinne mich gut, daß ich an dem Abend, an dem ich angekommen war, die Uhr herausgeholt, das Glas abgewischt, den Deckel geputzt und sie auf den Tisch gestellt hatte – und plötzlich hatte ich gedacht: »zum letzten Mal!« Und nun war sie weg. Oder hatte ich sie aus der Tasche verloren? Ich erinnere mich, daß ich sie in den Mantel gesteckt hatte, den Mantel trug ich überm Arm. Im Traum sehe ich: Sie liegt plattgedrückt und ohne Zeiger auf dem Pflaster – ein kleiner grauer Stahlklumpen. Ich fand mich mit dem Verlust ab: Zwanzig Jahre hatte sie mir gedient, je nun – ihre Stunde war

gekommen. Es wurde mir sogar irgendwie leicht zumute – ohne Uhr! – ohne Zeit.
Da begann mein Leben außerhalb der Zeit.
Die ganze Nacht lang kratzte die Maus wütend und wummernd am Heizkörper.
Es konnte nicht sein, daß dies meine Maus, jene Maus, »*die heilige Maus*!« war – sie war allzu wütend. Aber vielleicht war sie es doch – die Wände störten sie, sie wollte aber unbedingt hinein und war deshalb wütend geworden. Und als ich an meine Maus dachte, vernahm ich ein Glöckchen – es klingelte, klingelte immerzu – rein – silbern. Ich erinnerte mich auch an die beiden afrikanischen Holzmäuse mit den langen, biegsamen Schwänzen: Die Mäuse waren in Paris geblieben, um die Bücher zu bewachen. Das Klingeln wurde vom Kratzen unterbrochen, das Kratzen aber ging unmerklich ins Klingeln über –

> ich bestieg das warme, grüne Frühbeet und begann hinaufzuschweben, wie im Lift, doch ich schwebte nicht nur nach oben – das grüne, warme Frühbeet flog, wie die Sense mäht, unterdessen aber stieg ich sehr hoch auf. Bücher sind rings ausgebreitet. W. W. Rosanow tritt ein. Ich liege da wie ein Buch: links von mir im weißen Einband Paul Valérys »Varieté«, rechts in Orange Louis Aragons »Une vague de Rêves«, und noch eins – auf dem Umschlag sind türkische Damen, eine davon steht auf dem Kopf. Rosanow kommt auf mich zu und schüttelt den Kopf: »So was Verrücktes!« Nacht. Das Fenster steht offen. Das Fenster reicht erheblich weiter – über die ganze Wand und um die Ecke, so daß ein Teil der Wand aus Glas ist. Ich liege am Fenster. Ich höre ein Geräusch vorm Fenster. Mir wird ungemütlich. Ich blicke hinaus – da steht ein Pferd. Was nun? Ein Pferd! Schon streckt das Pferd seinen Kopf durchs Fenster –– Ich ins Nachbarzimmer: Muß die Concierge rufen, daß sie etwas tut! Und wieder zurück.

Das Pferd ist im Zimmer. Irgendein Toreador, schwarz, schwarzer Bart, der Toreador zieht ein Papiermesser aus dem Gürtel – Ich stürze mich auf ihn ––– und lande in einer Kirche. Die Kirche ist niedrig. Dicht unter der Decke wartet eine lange Schlange, wie vor dem Schalter im Bahnhof: Man wartet aufs Beichten. Ich dränge mich durch und gehe hinaus. Ich gehe über Hügel – alles ist grün – still – ich gehe so –– Ich machte eine magische Geste über der Karlsbader Kaffeekanne, und die Wand, vor der die Kaffeekanne stand, zerriß wie ein Spinngewebe, und ich begann einzusinken: Man stellte mir ein Vermessungsgerät auf den Tisch, ich befestigte es – es war ein Dreieck aus Draht, vom Dreieck hing etwas aus Draht bis auf den Boden, das aussah wie ein Handtuch –, und noch einen Teller voll Eisenstückchen stellte man hin; ich suchte die quadratischen, scheibchen- und hakenförmigen heraus. Und plötzlich stürzten alle in die Küche hinunter:

»Man gibt uns kein Mittagessen!«

––– an meine Zimmertür klopfte der Professor, er kam gerade vom Zug, der Historiker Tscherenkow: Er war zufällig mein Nachbar – auf Nr. 228, wir hatten uns seit Rußland nicht gesehen, drei Jahre war das her, und er hielt es durchaus verständlich für seine Pflicht, mich sofort von sich wissen zu lassen.

Ich ließ den Professor ein und kleidete mich an.

Ich klagte über die Mäuse, die mich nicht schlafen ließen, und verwirrte ihn damit. Er hätte natürlich gern etwas ganz anderes erzählt, schließlich gab es doch so viel, woran man sich hätte erinnern und wonach man hätte fragen können, aber er mußte das Mäusegespräch mitführen.

Der Professor, selbst ein Mäuseliebhaber, teilte mir mit, was er in langjährigen Beobachtungen herausgefunden hatte:

»Die Ratten laufen auf vier Beinen, mit dem fünften helfen sie nach.«

»Sie haben ein fünftes Bein?«
»Warum denn nicht, ja, auch ein fünftes: eins, zwei, drei, vier...« Der Professor spreizte die Finger und setzte sich. »Aber es ist beileibe nicht dasselbe wie der fünfte Finger, es ist ein Muskel.«
»Das hätte ich nie gedacht.«

Nach Plan

Tscherenkow hatte Beinchen, dünn wie die einer Mücke (der Professor trug Kinderschuhe, und auch seine Strümpfe waren für Kinder, Radfahrstrümpfe!), und er ging – nein, er flog, wie schwerelos, und weder Schwere noch Müdigkeit hatte er an sich.
Ich flog hinter ihm her –
Der Professor hatte einen Plan ausgearbeitet, und diesem Plan (der nichts mit einem Reiseführer zu tun hatte!) folgten wir.
Der Professor wollte gerne Spuren der »Teufelsbibel« auffinden, wodurch sich auch sein Erscheinen in den Prager Reben geradewegs aus Stockholm erklärte:

> Die »Teufelsbibel« aus dem 12. Jahrhundert wird in der Königlichen Bibliothek in Stockholm aufbewahrt, geschrieben aber wurde sie in der Tschechei: Ein Mönch des Poblážecký-Klosters, der zum Tode verurteilt worden war, hatte die ganze Bibel mit Hilfe des Teufels in einer Nacht abgeschrieben und diesen aus Dankbarkeit auf einem gesonderten Blatt gezeichnet und auch alle anderen dunklen Geister, die ihm geholfen hatten.

»Ein Teufel blies mit seinem Rüssel die Blätter trocken«, erzählte der Professor, »ein anderer tunkte die Feder ein, der dritte zog Linien, der vierte richtete die Buchstaben aus, der fünfte drückte den Finger, der sechste führte die Hand, der siebte illuminierte – und wer weiß, was an Arbeit noch bei einer Abschrift anfällt, zumal bei dieser: Gothische Schrift mit Initialen – farbig auf goldenem Grund.«

Ich folgte dem Professor, ganz und gar nicht in die Spurenlese eingeweiht, und hatte keine Ahnung, weshalb wir so und nicht anders gingen; ich nutzte einfach die Gelegenheit, die Stadt zu besichtigen und ein wenig aus den weisen Reden des Gelehrten zu lernen.

Meine eigentliche Absicht, die mich geradewegs aus Paris nach Prag in die Reben geführt hatte, aber war, sofern möglich – alles hing vom Geld ab, das ich nicht hatte! –, das ganze Land zu bereisen – Mähren und die Slowakei, vor allem aber die Karpato-Ukraine, wo noch die Zaubermärchen lebendig waren und wo man russisch sprach.

Von der »Teufelsbibel« – worin hatte die Arbeit der Teufel bestanden? – kam die Rede auf Schtschegoljow, den russischen Gelehrten, der ein wunderbares Russisch sprach: War er immer noch so fröhlich und sang leidenschaftlich gerne Räuberballaden, oder hatte er sich mit den Jahren verändert?

»Ich habe in irgendeiner Zeitschrift gelesen ––«

Doch da traf der Professor einen anderen Professor: Der war sehr groß, hatte gewaltige Elefantenbeine und war sehr finster; er suchte ebenfalls irgend etwas – vielleicht dieselben Spuren. Sie kamen ins Gespräch. Ich hörte mit halbem Ohr hin: Ja, natürlich, es ging um diese Bibel! Da sah ich mich plötzlich allein.

Allein stand ich auf dem Platz vor dem Rathaus.

Die Uhr schlug – ich sah, wie sich oben am Turm ein Türchen öffnete – die zwölf Apostel zogen einer nach dem anderen vorüber und verschwanden im anderen Türchen, der Tod schwang die Sense, der Hahn krähte auf.

Ich ging ganz langsam weiter.

»La Source«

Dem Eingang sah ich an, daß das Haus uralt war: Ein Ring im Löwenrachen diente als Türklopfer.
Pater Dalmat zog am Ring – die Tür öffnete sich, und wir standen unter einem Bogen. Sogleich wehte uns Stille an. Wir stiegen eine Treppe hinauf, durchs Fenster erblickte ich einen kleinen Hof: eine Marienstatue, Blumen, eine Quelle.
»Schön ist es bei Ihnen!« Ich konnte mich nicht enthalten, es laut zu sagen. Im stillen dachte ich: »Hier, neben dieser Quelle, müßte man so leicht seine Gedanken sammeln, so gut und ruhig denken und ohne jede Hast arbeiten können.«
»Von unserem Gang aus sieht man ihn noch besser!«
Als wir noch höher hinaufgestiegen waren, warf ich einen Blick aus dem Fenster – ja, dies war wirklich ein paradiesischer Winkel –, »La Source«, ich hätte hier so gerne ein wenig verweilt, und dankbar gedachte ich des Schicksals, das mich nach seinem »Plan« in den Dom von St. Veit geführt hatte, dort hatte ich Pater Dalmat getroffen.
Pater Dalmat öffnete die Tür zu seiner Zelle und schrie herrisch:
»Aufstehn!«
Ich hielt inne.
Ich hörte, wie etwas scharrte –– dann trat ich ein.
Neben dem Bett stand einer, ungewöhnlich durchsichtig, man konnte sich nur schwer vorstellen, daß ein lebendiger Mensch so durchscheinend sein konnte, indes war klar, daß er wie ein Mensch geschlafen hatte und eben geweckt worden war.
»Aloyse Prist!« stellte ihn Pater Dalmat vor.
»Aloyse Prist, erlauben Sie?« Mir war etwas eingefallen und ich fragte aus irgendeinem Grund. »Lebt Ihr Bruder in Paris?«
»Nein, das ist ein Namensvetter«, antwortete er, sehr leise, sehr sanft. »Wir werden ständig verwechselt.«
Da erblickte ich noch einen Mönch, der mich an einen ganz gewöhnlichen Pilger erinnerte, wie sie bei uns zwischen So-

lowki und dem Kiewer Höhlenkloster hin- und herwandern; der Mönch kniff die Augen zusammen und seufzte zur Seite: »Herr, erbarme dich!«

»Pater Kulik«, stellte ihn Pater Dalmat vor und knurrte dem Alten irgend etwas zu.

Pater Kulik ging hinaus, nachdem er noch einmal »Herr, erbarme dich« geseufzt hatte.

Aloyse Prist begann geschäftig herumzulaufen (auch seine Geschäftigkeit wirkte im übrigen völlig lautlos, er war wie ein Schnippgummi, konnte hin- und hereilen, wie er wollte – und man merkte nichts!): Er langte in die Kommode, holte Gläser heraus, füllte Wasser in den Teekessel und zündete den Spirituskocher an.

Da erschien auch Pater Kulik wieder – und mit was für einer Tüte: Mohnhörnchen und runde Kümmelbrötchen und allerlei Kringel und Brezeln – Prag ist auf der ganzen Welt für sein Brot berühmt!

Wir setzten uns an den Teetisch.

Aloyse Prist bediente uns: Alles ging bei ihm leicht und geschickt – randvolle Gläser verschüttete er nicht, ausgetrunkene nahm er so unbemerkt weg, als berührte er sie nicht mit der Hand, sondern als flögen sie ihm zu.

Pater Kulik seufzte ab und zu »Herr, erbarme dich!« Das bedeutete, wie ich rasch bemerkte, entweder, daß er unzufrieden war und sich ärgerte oder daß er sich in das Gespräch einschalten wollte, es aber nicht durfte: Pater Dalmat war streng, ab und zu fuhr er ihm über den Mund: »Schluß!«

Das Gespräch drehte sich um wunderbare Erscheinungen.

Pater Dalmat erzählte eine Begebenheit aus der Revolution, ihm wiederum hatte sie Pater Nubi erzählt, der in den allerschrecklichsten Jahren in Rußland gelebt hatte.

Eine gewisse »Antonowsche« Bande des »Atamans Grigorjew« überfiel irgendeinen Marktflecken, der Ataman befahl, das Maschinengewehr zur Kirche der Gottesmutter hochzuziehen, und als sie es hochzogen, da schlug etwas von oben herab: Das Maschinengewehr rollte zurück, und die Rotarmisten, die es hochgezogen hatten, wurden blind.

»Bis heute sitzt einer der Erblindeten neben dem Glockenturm und erzählt, wie er geblendet wurde. Aber er klagt nicht, sondern dankt, daß er, so geblendet, sehend geworden ist – er sieht seine Sünde und bereut.«
Ich versuchte, etwas zu entgegnen: Mir schien nämlich, daß sich diese Blendung ganz und gar nicht mit dem Bild der höchsten Barmherzigkeit in Einklang bringen ließ, war doch die Kirche der Gottesmutter geweiht!
»Meiner Meinung nach war es eher so«, sagte ich, »sie zogen das Maschinengewehr hinein, und als sie anfingen zu schießen, da regnete es nicht Kugeln, sondern Sterne flogen herunter. Und der, der die fliegenden Sterne sah, wurde mit dem Herzen sehend und bereute.«
»Ja, aber auch die Sterne konnten doch blenden . . .«
»Und wie war das mit der Sintflut?« unterbrach Pater Kulik, »und Sodom und Gomorrha? Zur Mahnung kann man nicht nur blenden, sondern auch ertränken, und die Erde wird bersten, und ein Feuerregen ––«
»Schluß!« wies ihn Pater Dalmat zurecht.
»Herr, erbarme dich!« Pater Kulik stieß diesen Seufzer so schön aus – die Worte kamen so demütig, sanft und bitter.
Als ich dann die Geschichten von anderen wunderbaren Ereignissen vernahm, nach denen man in der Luft Schwefel und Rauch zu riechen glaubte, sprach ich Pater Kulik, anstatt zu widersprechen und zu streiten, sein wunderbar demütiges und sanftes
»Herr, erbarme dich!« nach.
Als es an mir war zu erzählen, da berichtete ich von meiner Maus – der *»heiligen Maus«* –, alles der Reihe nach:

Von »Esprit«
und wie mich die Maus sieben Abende gehütet hatte,
und wie sich die Maus vor dem Musiker Schwarz geniert hatte,
und von Muchin und Mirski, in deren Augen »das Licht flackerte«,
und wie wir zum Kloster Andechs den heiligen Berg hinaufgegangen waren, wo man das Andenken an die Maus bewahrt,
und zugleich berichtete ich auch vom Berliner »Gespenst«.

Beim »Gespenst« beendeten wir die Teerunde.
Aloyse Prist spülte ebenso leicht und geschickt – wie ein Lufthauch – das Geschirr, räumte es in die Kommode ein und verabschiedete sich: Er wohnte im selben Gang zwei Zellen weiter.
So verging auch die Nacht.
Es war eine Stille – oder schien es mir nur so nach den Mäusenächten und den Wanderungen mit Professor Tscherenkow »nach Plan«, um die Spuren der »Teufelsbibel« zu finden –, die Nacht schaukelte leise und einwiegend, wie das Quellengeriesel im Hof neben der Marienstatue – im paradiesischen Winkel des Hauses.

Spuren

Seit dem Morgen war Pater Dalmat fort, um verschiedene Dinge zu erledigen. Ich war mit Pater Kulik allein geblieben.
Natürlich ärgerte sich Pater Kulik über mich, er ärgerte sich auch über Pater Dalmat, in dessen Zelle sich ständig leichtfüßige und vom Weg abgekommene Brüder verliefen oder solche wie ich, die es nach irgendeinem »Plan« hierher verschlagen hatte.

Nach dem Mittagessen kam Aloyse Prist, um sich ein Buch zu holen.
Die Truhe, auf der ich schlief, war randvoll mit Büchern. Es waren überwiegend Wirtschaftsbücher, in Russisch und Deutsch und Französisch. Irgendein Verirrter, so erklärte mir Pater Kulik (er sagte nicht, so einer wie ich, aber er dachte es), hatte die Truhe bei Pater Palmat gelassen und war selbst verschwunden.
»Seit einem Jahr steht sie nun schon da, wir benützen sie statt eines Betts zum ... Herr, erbarme dich!«
Leicht und geschickt wie in allem, was er tat, öffnete Aloyse Prist die Truhe, nahm ein Buch heraus und ging mit dem Buch in seine Zelle. Auch Pater Kulik verschwand ins Nachbarzimmer und ging seiner Beschäftigung nach.

Die Zelle war geräumig und sehr karg.
An der fensterlosen Wand ein Bett und zum Fenster hin diese »Wirtschaftstruhe«, der Truhe genau gegenüber an der anderen Wand, in der Ecke neben dem zweiten Fenster, ein gelber Schrank – auf diesem Schrank ein großer, grüner Bierkrug, der einem ins Auge fiel – neben dem Schrank die Tür in das kleine Nachbarzimmer, dann die Geschirrkommode und an der Wand den beiden Fenstern gegenüber ein Waschtisch; mittendrin ein papierbedeckter Tisch – das war alles.
Zu den Fenstern schauten die Bäume herein – mit grünen Augen, Bäume mit Augen! –, und man kam gar nicht auf den Gedanken, daß dort irgendwo die Straße war: Nicht das kleinste Straßengeräusch klang von dort herauf – weder Tritte auf Stein noch Klirren von Eisen.
In der Dämmerung kam die Aufwartefrau mit einem kleinen Mädchen kurz in die Zelle und legte einen Brief an Pater Dalmat auf den Tisch. Es schien mir, als ängstigte sie sich vor irgend etwas! Ich hatte sie wohl erschreckt oder Pater Kulik, der bei ihren Schritten lauter und tiefer aufseufzte – »Herr, er-

barme dich!« Vielleicht schien mir das aber alles auch nur so? Welch eine Stille im Haus! – Es war noch stiller, als die Sonne untergegangen war.
Aloyse Prist zeigte sich nicht mehr, wir tranken ohne ihn Tee.
Ich versuchte, Pater Kulik über Aloyse Prist auszufragen – er war schon sehr ungewöhnlich! –, woher er sei, warum er in diesem Klostergebäude wohne und womit er sich beschäftige. Doch etwas Genaueres erfuhr ich nicht – nur irgendwelche Mutmaßungen mit »wahrscheinlich« und »vielleicht«:

»Wahrscheinlich bereitet er sich aufs Priesteramt vor!«
»Vielleicht wird er eine Berufung bekommen!«

Nur eins war sicher, daß sich Aloyse Prist damit beschäftigte, die Maße der Arche Noah zu berechnen: »Wie groß mochte wohl die Arche gewesen sein?«
»Und dafür liest er die Bücher über Wirtschaftsfragen aus der Wirtschaftstruhe.«
»Was meinen Sie: Wie war die Arche?«
»Darauf gibt es in der Bibel einen Hinweis: Das Maß ist in Engelsfuß angegeben, ein Engelsfuß aber« – Pater Kulik streckte den Arm aus, schlug mit der Handkante auf den Ellbogen – »sind zweieinhalb Arschin!«
»Und in heutigem Maß?«
»In welchem heutigen Maß?«
»Na, wenn man zum Beispiel die Arche mit einem Ozeanriesen vergleicht, wie die ›Paris‹, die zwischen Frankreich und Amerika verkehrt.«
»Ja«, sagte Pater Kulik nach kurzem Nachdenken, »wohl zweimal so groß wie die ›Paris‹.«
»Zweimal ... was Sie nicht sagen! Wieviel wilde Tiere mußten da allein schon rein! Und die Insekten erst ––?«
»Insekten zählen nicht –– Herr, erbarme dich!«

Wir legten uns früh schlafen: ich auf die »Wirtschaftstruhe«, Pater Kulik aufs Bett.
Der Schlaf wollte mich nicht umfangen. Ich sinnierte schon wieder über die Arche nach: Der Ordnung halber hätte ich gerne alle Insekten in ihr untergebracht. Pater Kulik wählte zunächst die »Fliege, die Wanze und die Schabe« aus, dann fügte er die »Laus« hinzu, doch die »Ameise« lehnte er ab, und wegen etwas ganz anderem seufzte er – voll Wonne und Behagen – »Herr, erbarme dich« und verstummte.

– – –

Und plötzlich merkte ich, wie sehr ich das alles leid war. Diese Stille war ich leid und meine »Esprits« und »Gespenster« und sämtliche Wunderdinge überhaupt. Ich wollte nach Paris zurück – sehnte mich nach etwas schlicht Dreidimensionalem. Ich stellte mir den späten September vor – die klaren Tage, den Duft der Austern und die Frische der Astern, rotes und gelbes Laub, Weintrauben, hie und da werden Maroni verkauft, in den Auslagen die nagelneuen Einbände der soeben erschienenen Bücher, ein Haus wird abgerissen, andere werden fertiggestellt, mit einer Fahne oben am Schornstein – will man sie sehen, muß man den Kopf zurücklegen! – frühe Dämmerung, Abend, Muchin und Mirski besuchen mich und bringen Austern mit –– ich werde mir irgendein Buch vornehmen, ein sehr klares und strenges, in dem weder Schwänze vorkommen noch Tscherenkows »fünftes Bein«, ich werde französische Grammatik studieren, damit ich jeden Satz zerlegen und wieder zusammensetzen kann, und nicht wie ich das will, sondern wie es sich gehört – nach den Regeln, und dazu das Vokabular – ich werde die Wörter lernen, damit vor allem die Straßen zu sprechen beginnen und sich die Straßennamen entschlüsseln, sonst wiederholt man sie einfach nur als Laut:
Place Pigal – ich weiß eben nicht, was das heißt: pigal? pigal––

– – –

Ich spürte sogleich, daß ich etwas übertreten hatte – irgendwelche klaren Dimensionen des Tagesraums, jene Einfachheit und Klarheit, von der ich eben noch geträumt hatte –

ich öffnete die Tür einen Spalt weit und war plötzlich im Zimmer: Am Fenster saß der Schriftsteller Leonid Leonow und putzte sich die Schuhe an den Füßen.

»Ich habe«, sagte ich, »diese Nummer der *Prager Presse* auch nicht bekommen!«

Ohne zu antworten, putzte er seine Schuhe selbstvergessen weiter – sie waren schwarz und hatten einen Knopf, wie Damenschuhe. Ich begriff: Er putzte die Schuhe, um den Inhalt der nichterhaltenen Zeitung wiederherzustellen. Er tat mir sehr leid: Lohnte sich das wegen der Zeitung?

Ich erinnerte mich, daß ich dies vor langer Zeit geträumt hatte, als noch niemand von Leonow auch nur gehört hatte: Ich träumte damals von einem ganz jungen begabten Schriftsteller, der in der Verbannung in Solwytschegodsk umgekommen war, er sagte mir, er habe sich neu verkörpert und heiße jetzt Leonow! Und als ich mich an diesen Traum erinnerte, strich ich Leonow übers Haar ––

Ich erwachte.

Ich erwachte und spürte noch deutlich etwas Borstiges – Nichtmenschliches. Es war genau die gleiche Empfindung wie damals, erinnerte ich mich, als ich E. T. A. Hoffmann im Traum erblickt hatte: Er stand auf einer Anhöhe, ohne den Boden zu berühren, am ganzen Leib glühend wie im Feuer, und als ich irgend etwas von ihm wissen wollte, da durchdrang ihn das Feuer ganz besonders – er zerfiel in winzige leuchtende Teilchen. Und wie nach der eisigen Angst damals, so schlief ich auch heute wieder ein, aber nicht mehr so tief ––

Eine große Halle im Bahnhof – die Zollabfertigung. Eine Ecke geht zum Garten hinaus. Hinter den Tischen dort –

ich kann es sehen. A.M. Gorki betrachtet eine Ikone: »Nikolaus der Wundertäter«.
»Eine wundervolle Ikone«, sagt er, »so eine hatte ich mal.«
Ich denke mir im stillen:
»Ach ja, ich habe sie gar nicht erkannt! Das ist doch dieselbe Ikone, die Gorki bei uns gelassen und dann vergessen hat.«
Da steht plötzlich eine alte Frau mit einem Quersack auf den Schultern und einem Stock:
»Wann fahren wir denn los?« fragt sie.
Immer mehr Koffer werden in den Raum getragen. Man stellt sie kreuz und quer hin, alle durcheinander, daß man nicht durchkäme, wenn es jetzt losginge. Doch ich klettere drüber -- und befinde mich im Treppenhaus des Hotels Beranek in Prag. Im schwarzen Halbfrack und Strohhut steht da der Astronom Mischurin, doch ganz und gar durchscheinend, wie Aloyse Prist.
»Ich muß zum Bibliothekar, zu Tukalewski«, sagt er, »und einen Gutschein abholen.«
Ich erinnere mich, daß mir der Bibliothekar versprochen hat, einen Gutschein für die Reise in die Karpato-Ukraine zu erwirken, und diesen Gutschein soll Mischurin abholen. Ich platze heraus:
»Ich bitte Sie sehr, tun Sie mir den Gefallen, holen Sie ihn bitte ab!«

Da flog ich durch den Raum, doch ich spürte es: an der Oberfläche.

Es ist dunkel. Sehr still. Ein Zimmer mit Balkon im Sommerhaus. Leichte Gartenmöbel. Ein Klavier. Eine Balkontür aus Glas – und draußen ein Garten. Viele Blumen. Eine alte Petersburger Bekannte von uns tritt ein. Sie ist sehr erfreut. Wir begrüßen uns.

»Ich arbeite wie früher in der Lebensmittelbranche!« Sie setzt sich ans Fenster.
Ich schaue sie aus dem Augenwinkel an und sehe, daß sie schläft. Und spüre ihre Schulter an meiner Schulter. Ich versuche, mich freizumachen – es geht nicht: Sie ist an mir festgewachsen! Mit ihrer Schulter an meiner Schulter festgewachsen.
»Ach«, denke ich, »und weggehen kann ich jetzt auch nicht, so ein Pech!«
Im Garten ist es still – Blumen. Da sehe ich ihn hereinkommen: sehr lebhafte Augen – schwarze Flämmchen – nur diese Augenflämmchen sind zu sehen. Er nimmt das Hemd vom Sofa – ein weißgraues Hemd, wie wilder weißer Mohn, mit einem Hauch von Grün (es ist nicht gebläut, sondern gegrünt) aus Marienglas – und hält es breit vor sich hin.
Da begreife ich, daß der im Treppenhaus des Bernadek gar nicht Mischurin gewesen ist, sondern – er – Esprit! – im Zauberhemd aus Marienglas.
»Ist es nicht vollkommen egal«, denke ich, »wer den Gutschein abholen soll!«

Ich verließ den Traum, als entschwebte ich, doch ich wachte nicht auf. Durch den Traum hindurch vernahm ich ein Rascheln –

als kletterte jemand durchs Fenster, spränge vom Fensterbrett und ginge –

Ich spürte deutlich – ich war aufgewacht –, daß sich jemand über mich beugte und mich ansah.
Vor Dieben hatte ich keine Angst, und ich war ja auch uninteressant: Schließlich hatte ich den Gutschein von Mischurin noch nicht bekommen! Jener aber, ich spürte es, beugte sich noch tiefer über mich, bis auf mein Gesicht herab,

meine ganze Haut zog sich im Gesicht zusammen, ich kniff die Augen fest zu.

Da hörte ich wieder ein Rascheln – er war wohl fort! –, und wieder am Fenster.
Ich öffnete die Augen.
– – –
Im Zimmer war es stockdunkel. Wenn ich nur auf die Uhr schauen könnte! – aber es gab keine Uhr. Da nun erinnerte ich mich an meine ungewöhnliche Uhr und empfand Bedauern.
Pater Kulik schlief.
Ich kniff die Augen fest zu: Ich fürchtete mich vor dem, was sich mir mit Gewißheit zeigen würde, wenn ich die Augen öffnete. Bis über den Kopf in die Decke eingewickelt, erwartete ich verzagt den Tagesanbruch. In meiner Verzagtheit schlummerte ich ein.

Ich höre etwas, Musik. Ein Konzert. Ich bin in der Garderobe – an der Wand dort stehen Schränke und Truhen, und in den Truhen liegen unter Garderobenmarken (die Marken sind grün) dicht gepackt alle möglichen Kleidungsstücke: Da gibt es Pelze, Damencapes und wasserdichte Regenmäntel, da gibt es auch Hüte, Schirme und Spazierstöcke.
Ich hänge mir die erstbeste Garderobenmarke an den Fuß und zwänge mich ziemlich leicht in die Truhe zwischen eine Persianerjacke und einen Herrenmantel mit Seidenfutter.
Und gehe über eine Baustelle – man hat die Erde ausgehoben und legt das Fundament –, ich springe über Schienen. Ich gehe hier nach Hause und weiß, daß ich es schon zum zweiten Mal tue. Ich habe mich verirrt. Andrej Bely kommt mir entgegen.
»Na«, denke ich, »jetzt werden wir zusammen irgendwie hinfinden!«

Wir gehen beide ins »Puschkinhaus«. Ödes Gelände – alles ist zerstört – nur ein kleines Holzhaus steht da.
Ich fahre mit dem Lift hinauf. Es wird grün und immer grüner. Aus dem Grün tritt ein schwarzer Pope heraus.
Ich erkenne ihn sofort: Pater Kulik.
Er reicht mir einen Brief: auf dem Kuvert sehr viele russische Marken, eine dicht an die andere geklebt. Ich öffne den Brief und sehe: Madame Chicoree –– nein, höher und noch feiner! Sie möchte mich zu jener Linie treiben, wo die Erde aufhört. Und ich bin schon ganz nah – schon eilt das Bächlein über die Steine ––

Ich öffnete die Augen –

es war taghell.

Pater Kulik stand auf:
»Herr, erbarme dich!«
Da, das erste, was mir in die Augen fiel, waren die Spuren:

Die Spuren gingen vom Fenster zum gelben Schrank und vom Schrank zu meiner »Wirtschaftstruhe«, von der Truhe am Tisch und am Bett vorbei zum Waschtisch.

Es war die Spur eines Fußes – ein krummer Fußabdruck –, vor dem Waschtisch aber waren es zwei – zwei krumme Fußabdrücke.
Ich zeigte Pater Kulik die Spuren:
»Ist da vielleicht der Krug zum Wasser gegangen?«
Und ich erzählte, alles, was in der Nacht passiert war, wie jemand vom Fensterbrett, aber vielleicht auch vom Schrank heruntergesprungen und zu mir gekommen war, sich über mich gebeugt hatte und dann weggegangen war.
Pater Kulik betrachtete die Spuren lange und ausführlich. Er setzte die Brille auf, wischte mit der Hand vorsichtig über den

Boden, spuckte darauf – und wischte wieder. Aber die Spur ging nicht weg. Ich befeuchtete einen Lappen und begann zu reiben – die Spuren verschwanden nicht.
Es war, als wäre einer barfuß über den frisch gestrichenen Boden gegangen – genauso ein Abdruck.
»Herr, erbarme dich!« Das war alles, was Pater Kulik zu meiner Vermutung und den krummen Spuren sagen konnte.
Da kam die Aufwartefrau.

> Die Aufwartefrau kam jeden Morgen, um die Zelle aufzuräumen; brauchte man gegen Abend etwas, dann kam sie nicht allein, sondern mit dem kleinen Mädchen, am späten Abend hingegen kam sie nie, obwohl es notwendig gewesen wäre: Am späten Abend ging Pater Kulik, wenn es sein mußte, selbst in den Laden.

Pater Kulik zeigte ihr schweigend die Spuren.
Die Aufwartefrau wischte noch einmal den Boden auf.
Als sie wischte, verschwanden die Spuren, doch als es trocknete, kamen sie wieder zum Vorschein:

> Krumme Füße – durch die ganze Zelle nur einer, vor dem Waschtisch aber waren es –– zwei.

Interpenetratio

Ich nahm mir die »Wirtschaftstruhe« vor. Sichtete die Bücher. Viele bekannte Namen, die mich an meine ferne Vergangenheit erinnerten, an die Universität. Lehrbücher für politische Ökonomie und Finanzrecht: Tschuprow, Arozki, Chodski, Issajew, Janshul, Iwanjukow, *Lorens Wagner*, von A. A. Bogdanows Buch war nur der Einband da – wahrscheinlich hatte Aloyse Prist das Buch genommen. Ganz unten auf dem Boden lag ein »*Marianischer Kalender*« für viele Jahre. An nicht wirt-

schaftlichen Büchern gab es »Das Leben des Protopopen Awwakum« und »Das Schauspiel im Dorf Ogrysowa« von Wjatscheslaw Schischkow.
Ich legte die Bücher in die Truhe zurück und behielt nur Awwakum und Schischkow draußen.
Ich dachte, bis zum Mittagessen könnte ich lesen, doch Pater Kulik kam aus der Kirche zurück. Wir beschäftigten uns wieder mit den Spuren: Wieder versuchte ich, sie wegzureiben. Doch alles vergebens, die Spuren blieben so, wie sie waren.
Nach dem Mittagessen legte sich Pater Kulik ein wenig hin.
Ich aber folgte den »Spuren« ganz leise auf den Gang hinaus – zum Fenster.
Ach, wie war das schön – welch ein Friede! – das sanfte Murmeln der Quelle neben der Marienstatue.

Aloyse Prist kam aus seiner Zelle und ging an mir vorbei. Wir begrüßten uns. Seine Hand war schlaff. Er begann mir leid zu tun – alle begannen mir leid zu tun.
»Er ist wahrscheinlich krank«, dachte ich, »und Kranke tun einem besonders leid. Was haben sie verbrochen? Und auch wenn sie etwas verbrochen haben, geht es mich nichts an. Ich sehe nur, wie sie sich quälen.«
Mir fiel der »Geblendete« ein – jene Geschichte von dem Maschinengewehr, das sie in die Kirche zogen. Noch stärker lehnte sich etwas in mir dagegen auf:
»Nein, das stimmt nicht. Das ist unmöglich. Kann man etwa durch Schmerz etwas verbessern? Gefängnis und alle Arten von Strafe sind doch menschliche Mittel – Selbstschutz des Menschen vor dem Menschen, das harte ›staatliche‹ Herz des Menschen –– die ›Grenzmarken‹ und das Mittel der Macht und des öffentlichen Lebens!«
Für einen Augenblick schien es mir, als sei auch die Quelle stehengeblieben – ich hörte, wie die Tür zuschlug und ein Auto aufheulte –, und wieder vernahm ich sie: Ja, das war die ewige Stimme, die über und durch das Leben hindurchklang, nicht

eines Menschen Stimme – und daher dieser Friede und diese Stille.
Ich mochte nicht fortgehen.

In der Dämmerung kehrte ich in die Zelle zurück.
Ich nahm Schischkows Erzählungen zur Hand und öffnete ein Türchen zu Rußland; gemeinsam mit dem ehem. »sibirischen Ataman« ging ich nachsehen, wie die Leute leben.

> In diesen nichtrussischen Jahren meines Lebens habe ich mir angewöhnt, Bücher wie der Leser zu lesen, dem es mit seltenen Ausnahmen nicht darauf ankommt, wie etwas geschrieben ist, sondern nur, wovon es handelt. Jedes russische Buch aus Rußland lese ich so, schalte meinen Mäkelwillen ab und schließe mein Auge des Zunftgenossen. Es interessiert mich sehr, und ich möchte alles wissen.

Des öfteren drang ein »Herr, erbarme dich« in meine Lektüre:

> Pater Kulik war aufgewacht und wollte Tee trinken!

Ich legte den Schischkow weg und begann – wie neulich Aloyse Prist –, selbst zu wirtschaften.
Beim Tee erzählte ich Pater Kulik, was ich über das russische Alltagsleben gelesen hatte. Ich bemühte mich, mit neuen, fremd klingenden Worten zu sprechen, so wie Fremdwörter von einem einfachen Russen auf russisch ausgesprochen werden.
Meine Geschichten weckten in ihm Erinnerungen an Rußland und an sein Pilgerleben – zwischen Solowki und dem Kiewer Höhlenkloster:

Pater Kulik hatte achtzig Klöster gewechselt, nirgendwo war er heimisch geworden, bis er Pater Dalmat traf, die beiden sind jetzt unzertrennlich.

Pater Kulik sprach alle Sprachen: Griechisch, Latein und Türkisch. Er hatte nicht nur Rußland zu Fuß durchwandert – von Solowki bis zum Kiewer Höhlenkloster –, er war auch auf dem Athos gewesen und in Jerusalem und im »heiligen Deutschland« und im »heiligen Frankreich«, er war auf jenen steinigen Pfaden gewandert, auf denen die wandeln, die an unserer sündhaften Welt verzweifelt sind und für ihr nichtbesänftigtes, sich nicht besänftigendes Herz Friede und Wunder ersehnen, er war auch auf dem heiligen Berg Andechs gewesen und hatte mein *»heilige Maus«* gesehen und geküßt.
»Kommen Sie morgen zum Hochamt ins Kloster«, sagte Pater Kulik, von Rührung ergriffen, »da singen wir Gregorianische Gesänge.«

Vor dem Schlafengehen untersuchten wir wieder die Spuren – noch einmal rieb ich: Die Spuren verschwanden nicht nur nicht, sie traten beim elektrischen Licht noch deutlicher hervor.
Wir löschten das Licht und legten uns hin.
Der Schlaf kam aber nicht: Ich versuchte mich dauernd genau zu besinnen –

wer war denn nun wirklich vergangene Nacht durchs Fenster geklettert? Wer war zu mir gekommen? Und von mir zum Waschtisch gegangen? Und von wem stammte der krumme Fuß?

Ich hielt es nicht aus:
»Pater Kulik«, rief ich ganz leise, »ich werde Ihnen ein ›Affenabzeichen‹ zum Tragen geben.«

Darauf hörte ich wie gewohnt:
»Herr, erbarme dich!«
»Pater Kulik ... das Abzeichen ersten Ranges mit dem Hühnerhinterbein.«
Und wieder – doch schon anders:
»Herr, erbarme dich!«
»Professor Tscherenkow habe ich eins ersten Ranges mit Mükkenbeinchen gegeben.«
»Ja, wie kann ich denn Ihren Affen beitreten, das schickt sich doch nicht!« erwiderte Pater Kulik und schien sich über irgend etwas zu freuen, »den Affen, Herr, erbarme dich!«
»Sie glauben, der geistliche Stand schließe eine Mitgliedschaft aus?«
»Man bindet sich! Und in die Arche wird man nicht gelassen.«
»Aber das ist doch nur so eine Benennung: ›Affenabzeichen!‹ Vor allem aber hat man überhaupt keine Verpflichtungen, die Rechte dagegen sind unbegrenzt und nichts gilt: weder der Raum noch die Zeit, und Handeln läßt sich auf jede Art, wider das normale Denken!«
»Ich fürchte mich«, sagte Pater Kulik verwirrt.
»Was gibt es denn zu fürchten?«
Doch ich verstand sehr gut, daß auch Pater Kulik genau wie ich über die »Spuren« nachdachte.
»Schauen Sie sich an –«
»Herr, erbarme dich!«
»Schauen Sie sich an, was für Leute mit dem Abzeichen herumlaufen und sich nicht schämen, im Gegenteil, sie haben es immer bei sich, in der Seitentasche ...«
»Herr, erbarme dich!«
»Dieses Abzeichen ist ein Symbol für Freiheit und Unabhängigkeit: Nieder mit dem ›normalen Denken‹ und sonst nichts! Und wenn man etwas leid ist oder einem etwas schwer scheint – man muß ja überhaupt kein Bekenntnis ablegen ––!«
»Einverstanden.«
»Gra-tu-liere!!«

»Aber was wird Pater Dalmat sagen?« besann sich Pater Kulik plötzlich.
»Wir werden auch Pater Dalmat ein Abzeichen aushändigen – mit Pfeifchen und Weintrauben! Und Sie werden Vorsitzender des Dreiergremiums zur Revision der Abzeichen.«
»Jawohl.«
Eingelullt, verstummte Pater Kulik.
Ich aber lauschte noch lange in die Stille hinein. Dann befiel mich das, was mich überkommt, wenn ich viel schreibe. Mir kam das »Programm« aus Schischkows Erzählung wieder in den Sinn, und ich begann es in Gedanken umzustellen – wie auf dem Papier, nur daß ich dabei die Buchstaben in die Luft malte, einen nach dem anderen:

> »–– in Gemeinschaftsarbeit verfaßt vom Verfasser Pawel Terentjewitsch Mochow, roter MG-Schütze; weil in der Tragödie mit Platzpatronen geschossen wird, bitte ich die Zuschauer in den vorderen wie auch in den hintersten Reihen keinerlei Panik zu entfachen –– Beginn um sechs Uhr alter Zeitrechnung, nach neuer Zeitrechnung drei Stunden später; bitte nicht auf den Boden spucken und während der Vorstellung alle Privatgespräche unterlassen. Hochachtungsvoll Mochow, Verfasser ––«

Bei »Mochow, Verfasser« war Schluß: Es gab kein Papier mehr – keine weiße Luft mehr! – Nirgendwo einen freien Fleck zum Schreiben! – Ich probierte es hier, probierte es dort – es ging nicht! – und schlief ein –

> Das russische Osterfest. Aber eine katholische Kirche: Der Altar ist geöffnet. Ich errate: ein Kloster – Ettal, wo die Mönche alle Sprachen sprechen, es liegt bei Oberammergau in Deutschland. Man wartet auf Mitternacht. Vom Altar bis zur Tür vor hat sich eine Prozession mit silbernen Kirchenfahnen aufgestellt. Zwischen den Kir-

chenfahnen sieht man einfach Stangen – die Stangen sind mit einer besonderen Masse eingeschmiert: Berührt man mit ihnen die Fresken, so erblühen Blumen auf der Wand. Als es nun Mitternacht ist, lösen sich die Stangen von den Kirchenfahnen und schweben auf die Wände zu – mit Ungeduld verfolge ich, was weiter geschieht, und sehe: Die Wände werden von Rauch verhüllt, dicht wälzt er sich mit dem Feuer heran, vollkommen lautlos, nur sehr schrecklich. Und alles stürzt aus der Kirche ins Freie. Draußen aber ist Frühling – alles grün. Und ein Fluß fließt, nein, ein See liegt da – der Ammersee. An seinem Ufer ein kleines Floß, und der Weg zu ihm ganz grün, wie bei der Quelle vor der Marienstatue. Alle strömen dorthin – zum Floß. Auch ich gehe hin – unter dem Triangelschlußgeklingel aus Strawinskys »Les noces«. Ein Theatersaal – das Théâtre des Champs-Elysées – der Vorhang von Picasso – die Bühne wird umgebaut: Im Bühnenboden werden Luken geöffnet, damit man ganz unbemerkt darin verschwinden kann. Aus einer Luke klettert Boris Pilnjak heraus – er trägt das Kostüm eines Tierkreiszeichens aus Picassos »Mercure«, in der Hand ein Stück seidig-haariges Gewebe.
»Das ist gut zum Bettwärmen«, sagt er, »komme direkt aus Franz-Josef-Land, 77'31" nördlicher Breite!« Er verschwindet in der Luke.
Ein schmales Zimmer, wie eine einäugige Kamera. Unser Zimmer. Ein Fenster. Eine durchgehende Wand, in der anderen die Tür zu den Nachbarn. Es ist dunkel, obwohl das Fenster groß ist, und leer.
»Sieh an«, sage ich, »wir haben nichts mehr, auch keinen Spirituskocher.«
S.P. aber zeigt stumm auf ihren Hals – und ich verstehe. Sie will sagen: »Nur das Kreuz am Hals.«
––– er kriecht heraus –– ich habe ihn gleich an den Augen erkannt: schwarze Flämmchen, nur sehr zart und so

bleich, kein Blutstropfen. Er hält stracks auf die Tür zu – in der Wand zu den Nachbarn –, öffnet sie einen Spalt weit, schiebt eine Tüte durch und pfeift etwas. Das ärgert mich, verstehen Sie: »Wenn Sie den Nachbarn etwas geben müssen«, sage ich, »können Sie doch einfach durch Ihre eigene Tür zu ihnen gehen, weshalb denn von hier aus?« Mißmutig und energisch packe ich die Klinke, um die Tür ein für allemal zu schließen. Da höre ich, wie es hinter der Tür raschelt – das nächtliche Geraschel von gestern ––

Ich erwachte.
Ich hörte das nächtliche Geraschel von gestern – Schritte –
Alles in mir krampfte sich zusammen. Ich wartete: Gleich würde es wieder zu mir kommen, sich über mich beugen und mich starr und unverwandt anschauen ––
Es ertönte aber ein so wütendes Toben und Pochen: irgend etwas krachte und schlug hier zu Boden –– überall im ganzen Zimmer. Ohne zu denken und auf alles gefaßt, was da kommen mochte, öffnete ich die Augen.
Es war tiefe Nacht. Weil ich die Augen geöffnet hatte, blieb für einen Augenblick alles still. Ich wollte Pater Kulik rufen – doch es pochte nur noch machtvoller:

Irgend etwas schlug polternd zu Boden, ein Handgemenge und – ein schallender Hieb, wie man jemandem eine klebt.

Ich begriff:
»Das ist im gelben Schrank: Irgend jemand ist in den Schrank gekrochen und poltert darin herum. Mäuse? – Ach wo! – Etwa Ratten? – Nein, auch keine Ratten, das ist etwas anderes, das hört sich an wie ein Mensch –«
Plötzlich ein scharfes Klirren von Glas – mir schien, als stürzte das ganze Geschirr zu Boden.

Und weiter kein Laut mehr.
Ob Pater Kulik noch lebendig in seinem Bett lag?
Die Zelle war wie erstorben.
Aber nicht vor Angst – vielleicht hielt sich ja Pater Kulik vor Angst so still! –, doch bei mir war es etwas anderes: Ich zitterte innerlich, als hätte mich etwas vollkommen erschöpft und niedergeworfen –
Ich lag da und wartete:

Würde die Decke herunterkommen oder die Wand einstürzen ––?

Mir fiel ein, daß ich dasselbe Gefühl in diesem Winter hatte, als ich an Grippe erkrankt war. Wir wohnten in Chardon Lagache – dort wohnen jetzt Türken –, sehr kalte Zimmer ohne Bad. Ich ging in Passy zum Anwalt Schustow und bat ihn um ein Bad. Ein guter Mensch: Er richtete mir ein Bad und gab mir starken Tee zu trinken. Nach dem Bad saß ich noch eine Stunde bei ihm und ging dann nach Hause. Das Wetter war passabel, kein Nebel, der Frühling mußte bald kommen, es war nur windig. Ich kehrte nach Hause zurück und heizte den Kamin an – ich spürte schon, daß es mich schüttelte. Ich legte mich hin und sah: Das Gitter im Kamin war rotglühend, es hatte sich ganz verzogen, gleich würde es in Stücke zerspringen. Ich hoch, schnell die Handschaufel, in den Kohleneimer damit und die Schaufel vollgemacht – da sehe ich, es sind keine Kohlen, sondern Zuckerstückchen, schöner, weißer Würfelzucker, die Schaufel voll und ins Feuer geworfen. Ich spüre, wie ich innerlich zittere. Auf dem Tisch steht eine Lampe – eine große »Pommery«-Flasche mit einem Lampenschirm aus blauem Papier darauf –, ich weiß, daß es eine Lampe ist, aber ich sehe – sie schneidet mir eine Grimasse, starrt mich mit weißen Augen an und – vielleicht sagt sie ja nichts, aber damals schien mir, als sagte die Grimasse zu mir: »Guten Tag!« Ich legte mich ganz langsam wieder hin und spürte dasselbe innerliche Zittern, das war keine Angst, ich lag da und wartete:

> Würde die Decke herunterkommen oder die Wand einstürzen --?

Am Morgen bemerkte ich sofort, daß die Spuren weg waren – die Spuren waren verschwunden.
Auch Pater Kulik bemerkte es und seufzte zum ersten Mal nach dieser Nacht von ganzem Herzen:
»Herr, erbarme dich!«
Die Spuren waren verschwunden. Und in der Zelle stand alles an seinem Platz, als wäre nachts nichts gewesen. Oder hatte ich das alles geträumt? Pater Kulik hatte den gleichen Traum geträumt – er hatte die ganze Nacht hindurch geschlottert! Wir blickten in die Kommode – auch in der Kommode war alles heil: Gläser, Untertassen, Teekanne und Teller.
Was hatte denn da in der Nacht so gepoltert – es hatte sich doch so angehört, als blieben auch von den Stühlen nur Späne übrig!
Pater Kulik stellte einen Stuhl vor den Schrank und kletterte hinauf, um nachzusehen, ob dort oben nicht irgend etwas sei.

> Auf dem Schrank stand der grüne Bierkrug – der Krug war heil: Wie er da gestanden hatte, so stand er noch da.

»Der Henkel ist weg!« Pater Kulik freute sich und hob den Krug vorsichtig am Hals hoch.
Tatsächlich, der Henkel war weg – er war abgeschlagen.
Ich erinnerte mich, daß ich den Krug gestern, als ich die Spuren wegrieb, genommen und wieder an seinen Platz gestellt hatte – der Henkel war dran gewesen. Folglich war es in der Nacht passiert.
Doch wo war der abgeschlagene Henkel? – Auf dem Schrank lag er nicht.

»Er wird irgendwohin gerollt sein.«
Pater Kulik stieg vom Stuhl. Wir begannen zu suchen: Wo war er hingerollt? Wir tasteten alle Ecken ab und suchten unter dem Bett und hinter der Kommode und hinter dem Waschtisch und hinter dem Schrank, wir rückten die »Wirtschaftstruhe« beiseite –

der Henkel war nirgends!

Wie wär's, wenn man in den Schrank schaute – obwohl es seltsam und unwahrscheinlich war, daß der Henkel in den Schrank geraten sein sollte! Der Schrank war zudem abgeschlossen, und den Schlüssel hatte Pater Dalmat mitgenommen.
»Probieren wir es mit einem anderen Schlüssel!« schlug ich vor.
Pater Kulik holte einen gewaltigen Schlüsselbund heraus, und das Probieren der Schlüssel begann – kein einziger Schlüssel paßte. Wir gaben die Versuche mit den Schlüsseln auf und probierten es mit einem kleinen Messer. Beim Herumstochern zerbrach es.
»Und wenn wir es mit einem Nagel versuchten?«
Pater Kulik wollte schon einen Nagel holen gehen, da klopfte Aloyse Prist.
Wir freuten uns sehr über ihn und erzählten ihm alles, wie es in der Nacht gepoltert hatte und wie am Krug plötzlich der Henkel fehlte – »wir waren es nicht, die ihn zerbrochen haben!« – nirgends sei der Henkel zu finden, und in den Schrank könnten wir nicht schauen – er sei abgeschlossen.
Und wieder Wundersames: Aloyse Prist hatte die ganze Nacht über einem Buch gesessen, jedoch keinerlei Gepolter gehört – »es war sehr still, wie ausgestorben!« Den Schrank aber öffnete er ganz ohne Nagel – nur mit dem Finger: Er steckte den Finger ins Schlüsselloch, und die Schranktür ging auf.
Im Schrank war kein Geschirr.
Nur eine kleine Flasche, in der Schnaps auf Mariengras ange-

setzt gewesen war – Pater Dalmat hatte immer Mariengrasschnaps vorrätig, für den Fall, daß eine Erkältung ausbräche, doch irgendeiner der hereingeschneiten Gäste hatte ihn ausgetrunken, und es war nur noch das Gras da, »das der Ur frißt« – diese Flasche nun war zerbrochen:

Das obere Stück war weg, wie abgeschnitten.

Neben der zerbrochenen Flasche aber lag der abgeschlagene Henkel vom Bierkrug.
»Da ist er ja, seht nur!«
Tatsächlich, ein grüner Henkel – er war es.
»Wie ist der bloß hierher geraten?«
»Und wo ist das obere Stück der Flasche?«
Im Schrank stand nur ein Teil der Flasche, das Mariengras, »das der Ur frißt«, ragte aus ihm heraus, und so sehr wir unsere Augen auch anstrengten, wir sahen keine einzige Glasscherbe.
Als wir probieren wollten, ob der Henkel an den Krug paßte, da klirrte etwas im Krug. Wir kippten ihn um, er war voll Glasscherben:

Die Scherben im Krug stammten von der Flasche!

»Wie sind denn bloß die Scherben in den Krug gekommen?«
»Sehr einfach: aus dem Schrank!« sagte Aloyse Prist. »Genauso wie der Krughenkel in den Schrank gekommen ist. Interpenetration! Das Gesetz der Durchlässigkeit. Was ist denn schon dabei?«
Darauf konnten wir beide nur noch wie aus einem Munde seufzen:
»Herr, erbarme dich!«

Vor dem Mittagessen und nach dem Mittagessen – Pater Kulik hatte vergessen, sich hinzulegen, und auch das Hochamt im Kloster mit den Gregorianischen Gesängen hatten wir vergessen – drehte sich unser Gespräch immer nur um die zerbrochene Flasche, die auf den Schrank in den Krug gekommen war, und um den Krughenkel, der in den Schrank zur Flasche gekommen war.
Keinerlei Interpenetration konnte uns das erklären.

> Angenommen, es gäbe keine absolute Undurchlässigkeit, kein einziger Körper füllte also einen Raum vollständig aus, sondern es blieben zwischen den Molekülen Zwischenräume, die von einem anderen Stoff ausgefüllt werden könnten, und das Wandern der Flaschenscherben durch die Schrankwand in der einen Richtung und des Henkels in der Gegenrichtung stimmte demnach durchaus mit der Idee der intermolekularen Räume überein ––

Doch wie hatte das alles geschehen können? Schließlich hatte weder ich noch Pater Kulik mit den Händen nachgeholfen, wir hatten nur ein Pochen und Poltern und Gott weiß was noch gehört.
»Ob hier nicht ein Hausgeist seine Finger im Spiel hat?« mutmaßte Pater Kulik vorsichtig. »Ich erinnere mich, daß sich im Kloster von Totma ein Hausgeist in einer Zelle eingenistet hatte: Zu Zeiten hub er nachts an, hin- und herzugehen und mit den Füßen zu trapsen, aber es war niemand zu sehen. Dann begann er, mit dem Geschirr zu klirren, mit den Tassen zu klappern, mit Schüsseln und Schalen zu scheppern – und wieder war niemand zu sehen. So räumte man dann die Zelle.«
Zum Tee kehrte Pater Dalmat zurück.
Man hätte ihm nach seinem Gang zuerst Tee vorsetzen müssen, doch wir konnten es nicht abwarten und überfielen ihn, einan-

der unterbrechend, mit unseren Berichten: Wir erzählten von der Nacht, wie es gepoltert hatte, von der zerbrochenen Flasche und dem Krug ohne Henkel, von den Spuren am Vortage und wie sie nach der Nacht verschwunden waren.

»Man hätte doch nur die Spuren bekreuzen müssen, dann wären sie auch so verschwunden!« erwiderte Pater Dalmat vorwurfsvoll.

Doch was sollten wir machen: Wir hatten tatsächlich vergessen, sie zu bekreuzen.

Und wie zuvor über die Interpenetration, so seufzten wir nun beide wie aus einem Munde, nur in verschiedene Richtungen, ein langgedehntes:

»Herr, erbarme dich!«

Auf dem Tisch unter dem Schischkow lag »Das Leben des Protopopen Awwakum«: Ich hatte das Buch nicht mehr angerührt, seit ich es gestern weggelegt hatte.

»Hier steht es doch.« Pater Dalmat nahm den Awwakum und schaute uns tadelnd an.

Teufelsspiel

> »Als ich noch Pope war und gerade ein heiligmäßiges Leben beginnen wollte, schreckte mich der Teufel also: Meine Frau war recht von Kräften gekommen, und der geistliche Vater war bei ihr; ich ging in später Nacht aus dem Hof in die Kirche, um das Buch zu holen, da sie beichten sollte. Und als ich zur Vorhalle kam, stand das Tischlein noch stille, und als ich näherkam, hüpfte es durch Teufelsmacht auf seinem Platz. Ohne in Furcht zu geraten, betete ich vor dem Heiligenbild, bekreuzte das Tischlein mit der Hand, trat heran und brachte es zum Stehen – und der Leibhaftige hörte auf zu spielen. Und als ich in die Haupthalle eintrat, war da ein anderes Teufelsspiel: In der Halle stand ein Toter in seinem Sarge auf der

Bank, und durch Teufelsmacht öffnete sich der Deckel, und das Totenhemd begann sich leise zu regen und mir Furcht einzuflößen. Ich aber betete zu Gott, bekreuzte mit der Hand den Toten, und alles ward wie zuvor. Als ich aber den Altarraum betrat, da flogen die Priestergewänder und Chorhemden von einem Fleck zum anderen und flößten mir Furcht ein. Ich aber küßte betend den Altar und segnete die Gewänder und trat heran und befühlte sie: Sie hingen am alten Platz. Dann nahm ich das Buch und verließ die Kirche. Solche Teufelsränke hält er uns bereit!«

Ohne Teufel

Professor Tscherenkow war auf unser uraltes Kloster gestoßen, als er »nach Plan« die Spuren der »Teufelsbibel« suchte:

Die »Spur« hatte ihn just zum Löwenrachen geführt, so geriet er an Pater Dalmat.

Er trat in dem Augenblick ein, als Pater Kulik und ich, in verschiedene Richtungen gewandt, einstimmig aufseufzten »Herr, erbarme dich!« und Pater Dalmat uns belehrend aus dem »Leben Awwakums« vorlas.
Der Professor vereinbarte mit Pater Dalmat einen Termin, um ausführlich über die »Teufelsbibel« und den Pobläžecker Mönch zu sprechen, und nahm mich mit ins Hotel Beranek.
So weiß ich nicht, ob das »Teufelsspiel« auch in der folgenden Nacht andauerte, oder ob auch die Teufel Angst vor Pater Dalmat hatten. Für mich begann ein anderes Leben – ohne Teufel und mit Professor Tscherenkow.

Der Tag brach an: Ich ging mit dem Professor und seinem »Plan« auf die Suche.
Der Professor war überzeugt, daß er auf die Spur gestoßen war und jetzt nur noch »im Kreis und in der Nähe« herumgehen müßte, um sicherzugehen. Als er von den »Spuren« in Pater Dalmats Zelle und jener Nacht mit der Flasche erfuhr, da war er einfach baff:

> Natürlich, sein »Plan« stimmte vollkommen, der Weg war richtig – er würde sich zu dem Pobláž̌ecker Mönch durchschlagen und die ganze Geschichte von der »Teufelsbibel« erfahren.

Den Spuren »im Kreis und in der Nähe« folgend, schauten wir unterwegs Bücher an, stiegen ins obere Stockwerk der »*Prager Presse*« hinauf, gingen kurz in die russische Buchhandlung und examinierten den Eigentümer,

> ob er nur die euklidische Geometrie anerkenne oder auch etwas anderes.

Das brauchte der Professor alles für sein »im Kreis und in der Nähe«.
Ohne direkt auf die geometrische Frage zu antworten, lenkte der Buchhändler das Gespräch in eine andere Richtung, nämlich auf seine Pädagogik – und redete über eine Zeitschrift für Kinder. Der Professor war sehr zufrieden: Als Schatzsucher argwöhnte er in allen Menschen Konkurrenten.
Am Abend saßen wir in einer Weinstube.
Wir hatten alle abgeklappert und waren in einer jugoslawischen wie auch einer mährischen und einer slowakischen gewesen.
Der Professor sprach sämtliche slawischen Sprachen und fühlte sich in allen Weinstuben wie zu Hause. Eine Ausnahme machte nur die »Kleine Bonbonniere« – die war gar zu teuer! Wir tranken Kaffee, der Professor sang mit den nicht engagierten jun-

gen Damen die Tanzweisen mit. Für mich hat das immer etwas furchtbar Trauriges – wie lebendig begraben! Doch in der »Spinne« dafür –
In der »Spinne« saß der Ethnograph Bogatyrjow: Er war gerade aus der Karpato-Ukraine zurück, mit zweihundert Zaubermärchen!
Die »Spinne« war ein Nachtlokal. In der Karpato-Ukraine war Bogatyrjow kein Neuling mehr – er hatte dort sämtliche Feuerproben bestanden. Über seinen Geschichten von Fabelwesen zur schrillen Jazzmusik verflog die Nacht.

> Ich erinnerte mich an mein beiläufiges Gespräch mit dem Professor über das »unterentwickelte Gehirn«.
> »Das ›unterentwickelte Gehirn‹«, dachte ich, »es sieht, es kann sehen, aber wie hilflos ist es! Es braucht Disziplin und Zügel, um sich zu entwickeln und zu festigen, es braucht Euklids Geometrie; das ›entwickelte Gehirn‹ aber, das in euklidisches Eisen gepreßt ist, ist blind und sieht nicht. Wenn es nun aber zu eng wird und alle Axiome wie Ketten gesprengt werden, sieht man, auch wenn man es nicht will, Unholde und den Kinderschreck und den Mittagskobold und Hausgeister und Esprit und das Gespenst und allerlei Zwerge – also ›Teufel‹, doch nicht mehr nur so, nicht mit leeren Händen ––«

Die Streifzüge »nach Plan« und die abendlichen und nächtlichen Zechereien hatten des Professors Kronen aufgezehrt. Dazu kam jetzt noch Regen: Seit dem Morgen regnete es, und kaum hatte es sich aufgehellt, da windete es, und gegen Abend goß es wieder und blies der Wind.
Morgens verspeiste der Professor ein Ei, abends aß er »Schumka« (Schinken), und vor dem Schlafengehen tranken wir einen Malaga. Vor Nässe schwoll die Backe des Professors an, er hatte sich in seinen vorrevolutionären Capemantel gehüllt.

Bei den »Spuren« hatte es irgendein Durcheinander gegeben: Er war wiederholt bei Pater Dalmat gewesen und hatte ihn kein einziges Mal angetroffen! – Pater Dalmat war entweder in der Kirche oder ausgegangen.
Der Professor tat mir leid. Ich wußte nicht mehr, wie ich ihn aufheitern sollte. Ich erzählte ihm ständig wundersame »Gogolsche« Märchen – was ich mir aus Bogatyrjows Erzählungen in der »Spinne« gemerkt hatte.
Der Professor aber saß mit finsterer Miene da, die Mückenbeinchen unter den Capemantel hochgezogen und mit so einer Backe – wie ein Hühnerei!

»Ich warte«

Eines Abends, als ich mit Professor Tscherenkow im Hotel Beranek saß und vor dem Schlafengehen Malaga trank, erzählte ich, nachdem ich alle karpato-ukrainischen Märchen wiederholt hatte, in der Erinnerung an Rabelais' Ausspruch, daß »Lachen gut für die Schilddrüse sei«, allerlei wahre komische Begebenheiten und spaßige Lügengeschichten aus dem Berliner Leben der russischen Philosophen. Da erschien der andere Professor, der mit den Elefantenbeinen, in der »Kavárna«, er war ungewöhnlich finster.
»Verzeihen Sie!« sagte er zu mir in einem Ton, den nur er allein anschlagen konnte, na, eben wie ein Rasiermesser: »Verzeihen Sie!«
Er nahm Tscherenkow beiseite.
Ich sah, wie er eine Landkarte aus der Tasche zog und sie auf zwei zusammengeschobenen Tischen ausbreitete – beide beugten sich über sie.
Ich sah, wie sie mit den Fingern auf der Karte herumfuhren –– sie tuschelten miteinander – natürlich, immerzu über die »Spuren«! natürlich! Dann faltete der strenge Professor die Karte zusammen und bestellte Bier.

Am Morgen aber verkündete mir Professor Tscherenkow vor seinem Ei, daß er nach Poděbrady fahren werde, um einen wichtigen Mann zu sehen und sich im übrigen eine Zeitlang kurieren zu lassen.

Spät am Abend, nachdem ich den Professor zum Masarykschen Bahnhof begleitet hatte, ging ich ganz langsam – allein ins Beranek zurückzukehren, gefiel mir gar nicht! – zu Pater Dalmat, wohin denn sonst!

Es war trostlos. Regen. Und Wind.

Im Heulen des Windes hörte ich ständig – wie beim Mitsingen der Tanzweisen in der »Kleinen Bonbonniere« – ein »lebendig begrabenes« Wehklagen, und mit dem Wehklagen überrollte mich eine schwarze Woge – das fiel mir erst hier auf, früher hatte ich das nicht: Plötzlich kommt sie auf mich zu! Es ist ein Zeichen meiner Hoffnungslosigkeit und, schlimm zu sagen, meines Untergangs.

In Windgeheul und Regen und der Schwärze dieser Verzweiflungswoge gelangte ich schließlich zum Kloster. Ich öffnete die Pforte mit dem Löwenrachen und stieg langsam die Treppe hinauf.

Auch in dem kleinen Hof – ich warf einen Blick hinunter – fiel Regen, genauso schmierig und schwarz wie dort draußen, wie die Straßen, Häuser und Steine.

Auf dem Treppenabsatz stieß ich im Finstern beinahe mit jemandem zusammen:

Aloyse Prist!

Wie er sich freute: Es war ja schon die dritte Woche, seit ich nach der nächtlichen »Interpenetration« mit dem Professor weggegangen war, ich hatte mich nicht einmal von ihm verabschiedet.

»Ich habe niemanden, mit dem ich reden könnte«, klagte er, »mir ist langweilig. Aber vor allem bin ich nicht fertig geworden. In Bogdanows Kurs fehlen mir noch sieben Seiten. Ich habe sie nicht mehr geschafft. Verstehen Sie. Das ärgert mich furchtbar. Nur noch sieben Seiten!«

Er war offenbar sehr verstimmt. Es kam mir vor, als sei er noch schwächer geworden, seine Hand schien völlig knochenlos zu sein, als ich ihn begrüßte, ein einziges Knorpelchen.

»Das Wetter ist scheußlich – ich mag es ja ganz gerne, aber Sie – immerzu Regen, und dieser Wind –, Sie müßten an die warme Sonne. Ich habe Professor Tscherenkow nach Poděbrady begleitet. Jetzt gehe ich zu Pater Dalmat, dann komme ich zu Ihnen – oder haben Sie –«

»Ich warte.«

Vor Pater Dalmats Tür trennten wir uns.

Pater Dalmat war daheim: Die Tür stand einen winzigen Spalt weit offen, man sah Licht.

Ich klopfte an –– und trat ein.

»Mit wem haben Sie denn da gesprochen?« Pater Dalmat erhob sich und kam mir entgegen.

»Mit Aloyse Prist.«

»Mit wem?«

»Mit Aloyse Prist.«

»Herr, erbarme dich!« seufzte Pater Kulik hinter der Tür hervor.

»Aber erlauben Sie!« Pater Dalmat schaute mich an wie eine Geistererscheinung. »Aloyse Prist haben wir heute begraben.«

»Herr, erbarme dich!«

– – –

»Aber nein, ich habe ihn doch gerade eben gesehen und mit ihm gesprochen: Er beklagte sich: sieben Seiten – A.A. Bogdanow –«

Mit einem energischen Ruck öffnete Pater Dalmat den gelben Schrank, in dem wie zuvor die zerbrochene Schnapsflasche stand, holte einen Kerzenleuchter mit einer Kerze heraus und zündete die Kerze an.

»Kommen Sie, wir wollen nachsehen. Was für ein Unsinn: Aloyse Prist –«

Ohne die Zellentür zu schließen, traten wir auf den Gang hinaus.
Im Gang war niemand. Stille. Das Fenster war zu, auch die Quelle im Hof konnte man nicht hören. Grabesstille. Wir gingen den ganzen Gang bis zur Treppe vor. Und von der Treppe wieder zurück. Und direkt zu Aloyse Prists Zelle.
Die Tür stand weit offen. Wir blieben in der Tür stehen. Das Zimmer war leer, alle Möbel waren hinausgeschafft worden, nur ein kleiner Tisch und ein Hocker standen noch da. Die Dielen waren feucht, eben erst gewischt.
»Na also, niemand da!«
Pater Dalmat ergriff die Klinke, um die Tür fest zuzuziehen, doch in diesem Augenblick wurde ihm der Kerzenleuchter wie mit der Faust aus der Hand geschlagen –

die Kerze erlosch.

»Das ist nicht sehr nett, möchte ich sagen – aber vielleicht war es ja der Wind?« Wir tasteten uns zur Zelle zurück.
Pater Dalmat zündete eine neue Kerze an, und zu dritt – Pater Dalmat, ich und Pater Kulik – gingen wir in den Gang hinaus.
– – –
Alles war genau wie vorher. Und still. Vor Aloyse Prists Zellentür, wo wir den Kerzenleuchter zu finden dachten, war kein Kerzenleuchter – wir fanden ihn am entgegengesetzten Ende des Gangs. Die Kerze aber war weg.
Noch einmal schritten wir den Gang ab: nein, nirgends –

die Kerze war verschwunden!

So blieb die Kerze auch verschwunden.
– – –
Pater Dalmat bekreuzte die Tür, alle Ecken, mich und Pater Kulik.

Pater Kulik fühlte sich fast gekränkt und seufzte süß wie die Nachtigall: »Herr, erbarme dich!«

In der Tat, was war er denn – etwa auch so etwas wie eine böse Macht? Oder ein Ding, so etwas wie eine kalte Ecke?

Doch bald hatte sich auch Pater Kulik wieder beruhigt.
So legten wir uns schlafen: ich auf die »Wirtschaftstruhe«, Pater Dalmat ins Bett und Pater Kulik im kleinen Nachbarzimmer – wie damals in meiner ersten Nacht im Kloster.
Nichts geschah – kein Spuk.

–– zur Anmeldung mußte man beim Arzt vorsprechen und sich eine Bescheinigung holen. Das schafften alle. Auch ich ging hin, vor mir war Aloyse Prist. Er schlüpfte sehr rasch ins Sprechzimmer – wenn man doch auch aus Knorpel oder so etwas bestünde, wie eine Auster! Ich aber kam nur langsam voran: Man mußte hoch hinaufsteigen, und zwar eine Wendeltreppe, und als ich schließlich oben war, machte mir Aloyse Prist ein Zeichen – ich erriet: Ich brauchte nicht zu warten und konnte in Ruhe weitergehen. Ich ging weiter – und gelangte nicht auf jene Treppe. Ich stieg sie hinab. Erst als ich auf der Erde war, schaute ich nach oben: Herrje, die Treppe hatte ja gar kein Geländer und war ganz steil! Ich hörte eine Stimme aus dem Lautsprecher. Wie auf dem Gare d'Orsay die Abfahrt der Züge angesagt wird, mit genau dieser Stimme also berichtete jemand, wie ich aus dieser Höhe herabgestiegen sei: wie leicht und geradlinig und ungewöhnlich schnell. Da sah ich, daß am obersten Ende der Treppe ein grünes Licht aufflammte – knallgrün im blaßgrünen Rahmen –, eine 13.
»13, was soll das bedeuten? Stunden? Oder Tage? Oder nur ein Datum?« Man stellte mir eine Dame vor – ich erfuhr, daß sie eine der »nicht engagierten« aus der »Kleinen

Bonbonniere« war! Sie war aus lauter Teilen zusammengesetzt: Die Beine waren angestückt, und die Arme und auch der Kopf. Ich gab ihr die Hand – und riß ihr den Arm ab. »Was soll das heißen?« Ich fuhr plötzlich: Ich saß sehr niedrig und streifte mit den Füßen die Erde. »Das ist ein Balken auf einem Rad!« erriet ich. »Ich sitze auf dem Balken, und vor mir ist das Rad.«

»Wieso bewegen wir uns denn?«

»Das ist doch ein Eisenbahnrad!« lachte man.

Ich befand mich plötzlich in einem Keller.

Alle strömten herbei. Doch es war keine Versammlung, sondern ein Ball. Man tanzte. Und so eng, wie kopulierende Hunde, die sich nicht trennen können. Da bemerkte ich, daß sich Muchin aus den Tanzenden herauslöste – wie eine Blume klemmten die Flügelchen einer Fledermaus zwischen seinen Zähnen –, er brachte mir sehr viel Sympathie entgegen.

»Wissen Sie«, sagte ich, »ich will nicht teilnehmen, weshalb bedrängt man mich bloß so?«

Ich entfernte mich vorsichtig und ging weg – man bemerkte es beim Tanzen nicht. Ich ging weg, Gott sei Dank! In die Kirche aber ließ man mich nicht hinein. Nur ins Refektorium. Das Refektorium war sehr niedrig und hatte ein Kreuzgewölbe. In der Mitte befand sich ein kleiner freier Platz, dort hatte man ein »Pferd« aufgestellt – und alle sprangen hinüber. Muchin schätzte die Höhe genau ab und schwang sich, man mußte es ihm lassen, sauber rüber, ich aber berechnete nichts und schlug mit der Nase auf dem Boden auf. Da bemerkte ich, daß auch noch allerlei Getier mit uns sprang – Schlangen, Mäuse, Putenküken, lauter kleine Tiere, es gab auch ganz kleine darunter – Kaulquappen und zwei Fröschlein mit grünen Käppchen –, waren sie drüben, so rannten alle in eine Höhle. Über der Höhle aber brannte eine Kerze ––

»Die Kerze ist verschwunden!« Ich vernahm Pater Dalmats Stimme und erwachte sofort.
Pater Dalmat stand mit dem Kerzenleuchter in der Tür:

> Sobald es hell geworden war, war er aufgestanden und auf den Gang gegangen, um die Kerze zu suchen, er hatte in alle Ecken und auf den Treppenabsatz geschaut und war nun wieder da:

»Die Kerze ist verschwunden!«

Die Aufwartefrau kam früh, um die Zelle aufzuräumen.
Pater Dalmat erzählte ihr von der Kerze:

> Der Kerzenleuchter hatte sich gefunden, doch die Kerze war weg!

»Ich habe mich nicht getraut, Sie zu warnen, verzeihen Sie!« flüsterte die Aufwartefrau. »Am Abend habe ich Angst, allein hier hereinzukommen, ich nehme immer das kleine Mädchen mit: So was passiert hier eben. Verzeihen Sie.«

– – –

Pater Dalmat und Pater Kulik gingen in die Kirche.
Die Aufwartefrau räumte die Zelle auf, und ich blieb allein.
Es war ein so wundervoller Morgen – ein so satter, feuchter Wind und warm dazu.
»Hauptsache, man hat vor nichts Angst«, dachte ich. »Das sollte die Grundregel der Erziehung sein. Aber von klein auf ist man immer irgendwie schüchtern und hat immer irgendwelche Hemmungen. Nein, man muß schon dem kleinen Kind beibringen, drauflos zu gehen und vor nichts Angst zu haben.«
Um mir die Zeit zu verkürzen, zog ich meine Brieftasche heraus und stülpte sie um – vielleicht hatte sich etwas verschlupft!

»Er hat zuviel Bücher gelesen«, sagte Pater Kulik, »da haben ihm die Teufel einen Possen gespielt. Wie beim heiligen Klausner Nikita, da waren es auch die Teufel.«
Und Pater Kulik erzählte mir das Leben des Klausners Nikita aus dem Väterbuch des Kiewer Höhlenklosters:

> Einmal erschien der Teufel in Nikitas Klause in Engelsgestalt, und wie es sich geziemt, begleitete er zu Anfang, als Nikita betete, singend sein Gebet. Nikita gewann die Überzeugung, daß er ein Engel sei, als er sich aber davon überzeugt hatte, da machte sich der Teufel ans eigentliche Werk: Er redete ihm eindringlich zu, er solle nicht beten, sondern Bücher lesen und durch die Bücher mit Gott sprechen, durch die Gespräche mit Gott aber den Menschen nützliche Anweisungen geben –

»Nikita hörte auf den Teufel, ließ das Beten sein, setzte sich an die Bücher und erhielt bald die Gabe, zu sehen und zu lehren: Seine Voraussagen bewahrheiteten sich, und seine Worte gereichten stets zum Nutzen. Doch zugleich wurde ruchbar, daß er sämtliche Bücher des Alten Testaments auswendig kannte, während er die Bücher des Neuen Testaments weder lesen noch hören wollte und es ablehnte, über sie zu sprechen. Die Höhlenpatres verstanden, daß der Teufel seine Hand im Spiel hatte, sie versammelten sich bei Nikita in der Höhle, vertrieben den Teufel und führten Nikita aus seiner Klause ins Dormitorium. War das ein Buchgelehrter, dabei hatte man ihn kaum Lesen und Schreiben gelehrt, da sieht man, was der Teufel alles kann!«
Pater Kulik hätte gerne noch mehr von den Teufeln erzählt, doch er mußte aufhören: Pater Dalmat kam zurück.
Pater Dalmat nahm sich sogleich die Post vor –

> er schlitzte die Briefe nicht mit dem Messer, sondern mit dem Federhalter auf, das ging schnell, war aber unordentlich.

Ein Kuvert hatte einen Trauerrand und war unfrankiert. Er nahm den schwarz umrandeten Briefbogen heraus, drehte und wendete ihn und reichte ihn mir dann.
Ich las:
»Ich warte.«
Sonst stand nichts in dem Brief, nur dieses eine –

»Ich warte.«

»Unfug! Büberei! Wer hat sowas nötig?« sagte Pater Dalmat aufgebracht, steckte den Briefbogen ins Kuvert und legte ihn in die Schublade.

In letzter Zeit bekam Pater Dalmat öfter allerlei Droh- und Schmähbriefe – allen konnte man es eben nicht recht machen!

Pater Kulik rannte davon, um die Aufwartefrau zu holen.
Die Aufwartefrau kam, konnte jedoch auch nur antworten, daß jemand sie gebeten habe, den Brief zu übergeben –
»Er war sehr sanft.«
– – –
Nach dem Mittagessen machte Pater Dalmat ein Nickerchen. Plötzlich sprang er auf, als sei ihm gerade etwas eingefallen, und ging geradewegs auf meine »Wirtschaftstruhe« zu.

Ich folgte ihm –

Er tastete nicht lange in der Truhe herum. Ich sah, wie er A. A. Bogdanows Lehrgang ohne Einband herauszog und irgendwelche Zettel aus dem Buch nahm. Schnell ging er zum Tisch, zur Schublade und holte den Trauerbrief heraus. Wieder reichte er mir schweigend wie zuvor: einen beschriebenen Zettel aus dem Bogdanow und den Trauerbrief.
Doch ohne hinzusehen, hatte ich verstanden.

– – –

»Das ist seine Handschrift«, sagte Pater Dalmat tiefbetrübt. »Ich habe ihm versprochen, eine Seelenmesse für ihn zu lesen, und es immer wieder hinausgeschoben.«

Am nächsten Tag las Pater Dalmat nach dem Hochamt die Seelenmesse.

Guten Mutes verließ er die Kirche, frisch und munter wie ein Mensch, der sein Versprechen erfüllt hat. Er ging nicht allein, sondern wurde von Professor Tscherenkow begleitet.

> Professor Tscherenkow war, nachdem er in Podebrady den ihm wichtigen Mann getroffen hatte, nach Prag zurückgekehrt und geradewegs in den Dom gegangen, um Pater Dalmat unverzüglich aufzusuchen: Zweifellos hielt er die Spuren der »Teufelsbibel« in der Hand.

Pater Dalmat begann schon auf dem Wege, den ungewöhnlichen Vorfall von der verschwundenen Kerze zu erzählen, und weshalb er die Seelenmesse für Aloyse Prist gelesen habe, und wie merkwürdig doch alles sei, und nicht etwa in irgendwelchen weltbewegenden Angelegenheiten, sondern im ganz normalen, unscheinbaren Leben, das von allen planetaren Katastrophen weit entfernt sei.

Ohne seine Zufriedenheit zu verbergen, reckte der Professor beflissen lauschend den Hals.

»Und hier der Brief!« Pater Dalmat zog die Schublade auf, holte den Trauerbrief heraus und legte ihn dem Professor hin. »Schauen Sie!«

Der Professor nahm das Kuvert in die Hand und musterte es eingehend, dann ließ er verwirrt die Augen auf dem Tisch herumwandern.

»Das Briefmesser bitte zum Aufschlitzen.«

»Aufschlitzen?« Pater Dalmat sagte dies im selben Ton wie damals zu mir, als ich auf seine Frage: »Mit wem sprechen Sie dort?« geantwortet hatte: »Mit Aloyse Prist.«

Das Kuvert war zugeklebt – keine Spur von der gestrigen Grobheit, als statt des Messers der Federhalter gewaltet hatte, es war wie zugeheilt – wie nagelneu!

Der Professor schlitzte das Kuvert mit dem Messer auf – nahm vorsichtig den schwarz umrandeten Briefbogen heraus und faltete ihn auf.
Auf dem Briefbogen aber stand wie schon gestern und in derselben Handschrift nur das eine:
»Ich warte.«

Unser Schicksal

1
DIE ZANGE

Die Münze

Die Kinder hatten mir meine Münze geklaut – meinen »Hecksous«! Den Schwanz hatten sie nicht genommen, davor hatten sie sich gescheut, aber die Münze war weg. Und jetzt hing an meiner Tür nur noch der Schwanz – ein grüner Schwanz aus Zwirnsfäden.
Das meldete ich, Wort für Wort übersetzend, der Concierge – Zeitungen unterm Arm, prüfte die Concierge nach und kniff dabei die Augen zusammen: Der Schwanz hing an seinem Platz, aber die Münze war wirklich weg!
»Das kann nicht sein, unsere Kinder tun so was nicht, das war jemand von der Straße.«
»Nein, nein, die Kinder haben mir meine Münze geklaut.«
Auch als ich zur Post ging, sprach ich wieder von der Münze.
In unserer Sackgasse spielten Nachbarskinder auf dem Gehweg – sie fuhren Rollschuh: zwei Buben. Mir war längst aufgefallen, daß sie mich nicht freundlich anschauten, jetzt aber sah ich auf ihren Gesichtern die blanke Schadenfreude.
Ein Fremder war ich, als ich die Straße entlangging.
Von der Avenue Mozart bog ich in die Rue Poussin ein, wo die Post war. Wolken flogen dahin – ein warmer Wind trieb sie –, und dennoch: Es war Herbst. Ich erinnerte mich an die Eberesche –
»Ja, es ist sehr schlimm, wenn Kinder so schauen!«
Von der Post ging ich nicht geraden Weges nach Hause (ich mochte ihnen nicht begegnen), sondern auf einem Umweg.
Es gab bei uns eine Straße, die Rue Docteur Blanche – durch diese Straße ging ich, wie auf leisen Sohlen: Sie war verlassen

und öde, im Frühling sangen die Vögel in den Gärten, im Sommer war es still. Eine Pappel stand dort, wie an der Haltestelle Crouty.
Ich erzählte ihr von der Münze – »man hat mir meine Münze geklaut!«
Und hörte:

Sie raschelte – lauschte – hörte mich.

Am selben Abend hängte ich einen gewöhnlichen Sous neben den Schwanz – fünf Centimes mit einem Löchlein. Den ganzen nächsten Tag hing dieser Sous dort, aber gegen Abend, als die Abendpost gebracht wurde, war auch diese Münze verschwunden – wieder hing nur der Schwanz da!
Wieviel ich auch hinhängte – alles verschwand.
Ich hängte eine getrocknete Blume hin – die Blume wurde abgerissen.
– – –
Tagaus tagein hängte ich nun schweigend und beharrlich Blumen auf, jeden Morgen, dann versuchte ich, eine Stachelnuß zu befestigen, dann blasig verkrustetes Seegras – alles vergebens. Und was jetzt? Damit nicht auch noch der Schwanz verschwand, heftete ich ihn fest an – hier und da und dort.
Ich konnte es einfach nicht begreifen: Wer hatte das nötig, und was freute ihn daran so? Na ja, wenn man das eine Mal die Münze geklaut hätte und ein anderes Mal die Blume, aber es passierte doch jeden Tag ––! Da wurde mir plötzlich klar: Wenn man eine Heckmünze klaute, klaute man alles – auch Blumen und Gras.
Was denn, der Schwanz hing ja noch – doch was war das für ein Schwanz? – Ein richtiger Schwanz baumelte frei herum, aber der hier – ein Reißnagel am anderen.

Hahn und Kuckuck

Weshalb ist es bei uns nachts so still? Unruhe im Haus? Plötzlich habe ich es bemerkt. Ich erinnere mich nicht, daß es früher so gewesen wäre. Was kann denn passiert sein? Die Nächte sind warm – Hochsommer. (Diese Wärme und diese versteckte Unruhe – das läßt sich nicht miteinander vereinbaren!) Natürlich, alle sind ausgeflogen: die einen ans Meer, die anderen in die Berge, die dritten einfach so – aufs Land; das Haus hat sich geleert – und die Fensterläden sind zu. Doch mein Fenster steht die ganze Nacht offen – und diese verzweiflungsvolle Stille!
Am Morgen brachte man mir eine Sendung aus Madrid. Ich öffnete die Kiste und traute meinen Augen nicht. Eine Uhr! Eine Kuckucksuhr, eine spanische Kuckucksuhr.
Ich suchte eine Stelle an der Wand aus, hängte die Uhr auf, stieß das Pendel an und wartete ab:

> Beim Stundenschlag sprang der Kuckuck aus seinem Häuschen und rief: »Kuckuck!«

Wie sonderbar: ein spanischer Kuckuck! – Dabei rief er genauso wie einer bei uns, wie ein Kuckuck irgendwo bei Swenigorod, an einem bedeckten, warmen Tag.
Als die Nacht anbrach, setzte ich mich an die Arbeit – ich saß bis zum Morgengrauen daran und bemerkte nichts, keine Beunruhigung, keine Verzweiflung; ich bemerkte, daß in dem Moment, wo so etwas eintreten wollte, der Kuckuck aus seinem Häuschen sprang und rief, und alles war wie weggeblasen.
Gegen Abend kam die Concierge und brachte die Quittung: Die Miete war zu zahlen. Na ja, ich bezahlte sie. Sie zählte das Geld nach. (Ich bin sicher, sie denkt, ich hätte Geld auf der Bank!) Sie bekam, was ihr zustand (wie hätte es auch anders sein können?), und wollte schon wieder gehen, doch da schlug die Stunde für den Kuckuck: der Kuckuck stieß das Türchen auf ––

Da, beim Ruf des Kuckucks, war es, als erwachte die Concierge, das Geld fest in der Hand, und das Geld – (dieses – »Blut der Armen«! – diese Nächte, und der Gedanke an all die Mühen, um dieses Geld zu ergattern! und die Sorgen, aus denen sie es hier an die Brust preßte –) dieses Geld stimmte sie weich.
»Wir haben so ein Pech!«

– – –

»Man hat unseren Hahn geschlachtet.«
»Dann haben Sie also keinen Hahn mehr?«
Ich erinnerte mich an den Hahn, und wie ich schon seit einem Jahr nachts die Uhrzeit nach dem Hahnenschrei feststellte: Krähte der »erste« Hahn, konnte ich noch ein Weilchen sitzen, nach dem dritten aber war es Zeit zum Schlafen.
»Und wie häßlich alles war! Wenn man uns wenigstens vorher gewarnt hätte, aber nein! Einer unserer Hausbewohner hat sich, ohne was zu sagen, bei der Polizei über den Hahn beschwert: Der Hahn lasse ihn keine Nacht schlafen! Da sind sie gekommen und haben den Hahn, ohne was zu sagen, geschlachtet.«
»Ach, daher also!«
Ich verstand alles: daher also nachts die beunruhigende Stille – als fehlte irgend etwas, als wartete man auf etwas! – man hatte den Hahn geschlachtet!
»––– ja, ich höre ihn schon mehrere Nächte lang nicht mehr.«
»Und sie haben verboten, einen zu halten.«

– – –

»Ihr Kuckuck ist das also! Ich denke mir immerzu: Wo ist hier ein Kuckuck – er ruft durchs ganze Haus! Gegen den kann man nichts machen, über den kann man sich nicht beschweren! Es ist gut, daß der Kuckuck im Haus ist.«
Der Kuckuck rief auf verschiedene Weise:
mal bitter – tat ihm etwa der Hahn leid? mal sicher – jetzt mußte er doch anstelle des Hahns rufen!
Auch mir tat der Hahn leid –

»-- gestern las ich in der Zeitung: In Brüssel gab jemand im Vorzimmer des Gerichtshofs einen Brief an ›Monsieur le Ministre‹ ab und bat, es solle unverzüglich ein Gesetz erlassen werden: Man solle verbieten, Tiere zu quälen! Er gab ihn ab, setzte sich in einen Sessel und erschoß sich. Also -- es gibt doch noch gute Menschen auf der Welt!«

- - -

»-- nein, was Sie nicht sagen, es gibt weit mehr gute als böse Menschen! Güte ist etwas, ohne das man nicht leben kann, wir bemerken sie nur nicht; das Böse aber – das tut sehr weh, und Schmerz behält man lange in Erinnerung; und so bleibt es dann: Böse gibt es mehr!«

Ja, das stimmt, nur durch das Gute ist der Mensch lebendig, und die Tiere darf man nicht quälen! Den unglücklichen Hahn hatte man geschlachtet, weil er nachts krähte und mit seinem Krähen den Schlaf raubte, der Hahn Weckdiewelt weckte eben! Ich erinnere mich an den Hahn, doch noch etwas anderes kann ich einfach nicht vergessen: Auf der Kirchentreppe von St.-Sulpice steht jeden Sonntag, wenn es zur Vesper läutet, eine Mutter mit zwei Kindern und bettelt -- innendrin aber, in der Kirche selbst, wird die Vesper gehalten, keine einfache, sondern so wie unsere »Osterandacht«, offen und festlich, ich höre dabei immer die Osterbotschaft, gerade höre ich sie wieder: »Gott wird auferstehn!«

Und noch etwas: Ich saß einmal in der russischen Buchhandlung – was kann es Traurigeres geben als den Anblick einer »russischen Buchhandlung im Ausland«! –, alle Bücherfreunde sind in Rußland geblieben, und wen es durch »Zufall« hierher verschlagen hat, der kann sich kein Buch kaufen, die große Masse aber – überhaupt und auch dort in Rußland – hat nie Bücher gekauft! – deshalb ist es auch so traurig und einsam in einer russischen Buchhandlung.

Ich sah Bücher aus Rußland durch: »Neuerscheinungen!« Mir fiel Wologda ein – mein Leben in der Provinz –, dort hatte ein Buch auch immer »Verspätung«. Ich saß allein da, niemand sonst.
Nur eine alte Frau: Sie war gekommen – nicht wegen eines Buches.
Ich blickte von meinem Buch auf: Sie war anständig angezogen, sehr mager und groß, hatte ein stolzes Gesicht und etwas Bedauernswertes. Sie unterhielt sich mit der Inhaberin der Buchhandlung: Sie war gekommen mit der Bitte –

> bei der Suche nach Unterrichtsmöglichkeiten behilflich zu sein!

»Dürfte ich wohl eine Anzeige aufhängen!«
Aus dem Gespräch entnahm ich sofort: Sie war keine Russin

> keine Russin, sondern eine Engländerin, aber wie eine Russin: Mit zwanzig Jahren war sie nach Rußland gegangen, als Gouvernante, jetzt war sie 78! Ihr ganzes Leben hatte sie in Rußland verbracht. Nach Paris hatte es sie mit der Moskauer Familie verschlagen, bei der sie gearbeitet hatte: Sie waren einst reich gewesen, aber jetzt lebten sie mehr schlecht als recht und konnten sie nicht mehr behalten. Sie aber hatte niemanden, weder in Rußland noch in England, derzeit war sie »einstweilen« bei Bekannten untergeschlüpft, wo sie auf dem Sofa schlief.

Sie war bereit, als Erzieherin zu arbeiten –
»für Unterkunft und Verpflegung –«

– – –

»oder für Verpflegung –«

– – –

»oder für ein geringes Entgelt –«

– – –

»im vorigen Jahr habe ich 10 Franc die Stunde bekommen, in diesem Jahr bin ich bereit, für 7 Franc die Stunde –«

– – –

»Es ist aussichtslos!«

Ich kaufte keine Bücher.

Ich erinnerte mich – hatte es in der Zeitung gelesen –, daß es gegenüber der russischen Kirche einen Laden gab, wo man alles finden konnte, was russisch war, sogar Moskauer Kalatschen:

»Es wäre schön, Tee zu trinken, dazu einen Kalatsch zu essen und an Rußland zu denken!«

In Wirklichkeit aber –– ich kaufte also kein Buch.

Ja, gute Menschen gibt es viele auf der Welt und Tiere –– man darf sie nicht quälen – »Es ist aussichtslos« –

Ich kann einfach nicht vergessen.

Le croque-mitaine

Jetzt weiß ich endlich genau, daß es in Frankreich keinen Butzemann gibt, sondern le croque-mitaine: Wie der Butzemann bei uns, so geht auch dieser croque-mitaine mit einem Schultersack herum, poltert auf der Treppe und »steckt die Kinder, die nicht schlafengehen wollen oder nachts angeln, in den Sack!«

Er hat nichts zu tun – sie gehen rechtzeitig schlafen, schlafen fest und sind gewöhnt, nachts nach dem Topf zu schreien! –, jetzt handelt er hier, vor unser aller Augen, auf der Straße, Ecke Avenue Mozart und Rue Poussin, mit Austern: Irgendwie muß man ja seine Zeit ableben.

In Gedanken über die Launen des menschlichen und des außermenschlichen Schicksals – tatsächlich, croque-mitaine neben den Austern! – solange es trocken ist, geht es ja noch, aber wenn es nun regnet, das ist er doch nicht gewöhnt (dies: nimm dem Menschen das letzte Hemd weg, es macht ihm nichts aus!), er wird frösteln und dann ins Bistro rennen, um sich auf-

zuwärmen! – in Gedanken also bei dem Los von croquemitaine – er tat mir sehr leid! – ging ich wie jeden Morgen aus, um Zigaretten und Brot für den Tag zu kaufen.
Gerade war ich einen Stock tiefer gegangen, da schoß aus der Tür – genau unter uns – eine Dame heraus und steuerte direkt auf mich zu:

Ob ich denn über ihr wohnte?

»Ich bin sehr in Unruhe! Gestern Abend waren Schritte zu hören, als ginge da ein Soldat – aus Marokko.«
»Das war nicht bei uns«, sagte ich, »ich bin gestern früh schlafen gegangen, etwa um 12, und wir hatten auch keinen Besuch, ein Gelehrter hat kurz hereingeschaut, aber der wiegt nichts, der kommt mit den Füßen gar nicht auf den Boden, der war so gut wie nicht da, und noch ein Musiker war da, aber der hat zwanzig Jahre in Deutschland gelebt, und seine Wirtinnen haben ihn dort so getrimmt, daß er, ob es nötig ist oder nicht, in Strümpfen geht, und er flüstert so leise, daß man ihn kaum versteht.«
»Doch, doch, das war bei Ihnen! Als Ihr Kuckuck (meine Kinder kennen Ihren Kuckuck gut!), als Ihr Kuckuck um Mitternacht rief, erklangen Schritte, als ginge da ein Soldat – aus Marokko. Ich bin sehr in Unruhe.«
»Das kann nicht sein, bei uns ist es immer ganz still, ich arbeite normalerweise nachts.«
»Und wir schlafen nachts!« unterbrach mich die Dame.
»Das verstehe ich ja, doch das war nicht ich ...«
Da mischte sich die Concierge ein: Sie hatte etwas neben dem Lift geputzt und war, als sie uns hatte verärgert reden hören, zu uns heraufgekommen. Die Concierge also bestätigte, daß das Stampfen nicht von uns komme, daß ich, sie hatte es selbst gesehen, abends Pantoffeln anzöge, um nicht zu trampeln, daß man aber diese Nacht wirklich Schritte gehört habe.
»Grob und schwer, als ginge da ein Soldat – aus Marokko.«

»Nein«, beharrte die Dame, »das war bei Ihnen! Als der Kuk-kuck zu rufen anfing ––«
Ich klaubte die Wörter zusammen, um mich irgendwie zu rechtfertigen, brachte jedoch alles durcheinander, und statt auf französisch kam es auf deutsch heraus. Plötzlich erinnerte ich mich an die Kinder dieser Dame – stets in Grün, wie Fröschlein, die schauten mich immer so liebevoll und neugierig an: Die dachten natürlich, daß ich selbst dieser Kuckuck sei! – Als ich mich an die Kinder erinnerte, verstand ich und fand das Wort:
»Verzeihen Sie«, sagte ich, »das war le croque-mitaine!«
»Le croque-mitaine!« Die Dame lächelte. »Le croque-mitaine!«
Doch es dauerte nur einen Augenblick – und das Lächeln war verschwunden, und die Augen waren wieder so (schauten und sahen nichts), und wieder redete sie, nur sehr schnell, ich verstand es kaum:
»–– mein Mann – nachts schläft man und arbeitet nicht –«
Und ebenso schnell ging sie davon.
Ich hinter ihr her.

Sie – auf den Markt,
ich – Zigaretten kaufen.

Und was für eine Wand – sie war nicht zu durchbrechen! – ich fühlte es – trennte ihren Rücken von meinem Gesicht. Ich spürte im Gewirr meiner Worte, Gefühle und Gedanken die Ohnmacht und Nichtigkeit aller Worte und Gefühle eines Menschen für den anderen!

Sie haben den Schwanz abgerissen

Was soll man da sagen! – abgerissen! Und nur ein Reißnagel mit einem Fetzchen ist noch da.

2
OHNE SCHWANZ

Nur der halbe Fahrpreis

Wissen Sie, diesen Herbst hat man an meiner Tür den Schwanz abgerissen! Ich dachte noch: Jetzt ist Schluß, Feierabend! – Meine Schwanzlosigkeit wird alle verwirren – »die völlige Einsamkeit?« – man wird ein Stockwerk höher hinaufsteigen (Russen) und noch eins (dort sind Franzosen) und noch eins (wieder Franzosen), wird an fremden Wohnungen läuten, an meiner aber vorbeigehen (jeder wußte ja: An der Tür hing ein grüner Schwanz!) und mich nicht mehr finden.

»Ist der Schwanz weg, bin ich folglich auch weg!«

Ich irrte mich. Wie mit Schwanz, so fand man mich auch ohne (etwa am Reißnagel? – als man den Schwanz abzog, blieb ja noch der Nagel mit dem Fetzchen dran haften!), es gab nur einen Weg zu mir, ohne Mißverständnisse. Auch diesmal klingelte es, aber zu einer Tageszeit, da man es nicht erwartete, gegen zwei. Für den Briefträger war es zu spät – Mittagszeit: Wer zu Mittag aß, wischte sich jetzt mit der Serviette den Mund ab – wer konnte das nur sein?

Ich wußte es ja! So geht es hier, seit wir in der Rue Mozart eingezogen sind, schon das dritte Jahr: Zu unpassender Stunde klingelt es, und ein Unbekannter tritt unsicher (oder sehr sicher) ein:

––?

»Ich bin es selbst!« sage ich. Und »bitte« – in mein Zimmer.

Ich lasse den Gast vor dem Tisch Platz nehmen, mit dem Rükken zu »Russie« (Karte), unter dem Tang, den Zauberalgen vom Atlantik, und den erstarrten böhmischen Gnomen. An einer Schnur baumeln direkt vor seinen Augen um den Seestern herum: das goldene Fischlein, der »rote Oktober« (Gebäck), der Quakfrosch und die Krabbenscheren. (»Bei Gott, da bin ich falsch gelandet, aber sei's drum!«) Er beginnt:

»Nur der halbe Fahrpreis«, sagt er und kramt ein paar fettige Geldscheine hervor.

Daraus schlau zu werden, ist unmöglich, und ich versuche es auch gar nicht: Es geht um eine zur Hälfte bezahlte Fahrkarte nach Belfort oder Marseille.

»Mir fehlen nur noch 10 Franc!«

Oder:

»Haben Sie keine alte Hose für mich?«

In der ersten Zeit – ich wußte noch überhaupt nichts! – fragte ich dann immer, von wem er komme, wer ihn zu mir geschickt habe. Immer wurden Personen genannt, deren Namen ich zwar kannte, sie selbst aber nicht, oder solche, von denen ich wußte, daß sie noch nie etwas von mir gehört hatten. In der ersten Zeit – man erfährt ja nicht gleich alles, und ich habe keine rasche Auffassungsgabe! – beging ich die Unvorsichtigkeit, den Gast über meine Person auszufragen, ob er denn wisse, an wen er geraten sei, und was ich täte. Die Antwort kam immer unsicher: »Doktor ...«

Jetzt frage ich nichts mehr, weder »woher« noch »zu wem«. Sobald ich das vertraute »nur der halbe Fahrpreis« vernommen habe, deute ich schweigend auf die Bioxinschachtel (Zahnpulver): Darin habe ich ein Häufchen Gold (französisches) von einem Häufchen Silber abgeteilt.

»Haben Sie die Güte!«

– – –

Und warte, was der Gast aus dem Leben sagen wird.

––– etwas von »Krankheit«, von einer »gefährlichen Operation«, von »endlosen auf der Straße verbrachten Nächten«, von »nur-irgendwie-Geld-auftreiben und wegfahren«, von »nur-irgendwo-unterkommen« und natürlich von zu Hause – von Rußland – von Moskau – »wieder durch die Gäßchen bummeln« –––

»Und wo waren Sie vor Ihrer Krankheit? Haben Sie irgendwo gearbeitet?« fragte ich meinen unglücklichen Gast. Er erschien mir schon sehr schwach und verstört.

»Beim Elefanten«, sagte er, »im Zirkus. Der Elefant wurde abgeschafft, ich habe ihn gebürstet und gewaschen. Elefanten sind still! Riesenviecher, aber der Schwanz ist lächerlich klein – 10 bis 15 Franc habe ich verdient.«

In die U.d.S.S.R.

»–– da werden Sie staunen, Fjodor Nasarytsch – nur ist das bei uns etwas ganz Normales! –, ganz besonders aber wird Ihre Mutter staunen. Doch jetzt wird Ihnen wenigstens manches über die hiesigen Verhältnisse klar werden. Nach den Briefen zu urteilen, hat man bei Ihnen ganz falsche Vorstellungen: So wurde ich wiederholt um Geld gebeten, und wenn ich antwortete, ich könnte überhaupt nichts schicken und existierte selbst nur durch ein Wunder, glaubte man es nicht, ich spürte es, und es kam keine Zeile mehr, es war wie abgeschnitten. Fjodor Nasarytsch, erzählen Sie Ihrer Mutter folgendes: Erinnern Sie sich an Nikolai Pawlowitsch? Den Sohn von Pawel Pawlowitsch, unserem Hauswirt! Diesen Sommer fand er einen Posten als Portier: in der »Dekorationsausstellung« einer Parfümerie – für 600 Franc im Monat. Die alte Gouverneursfrau aber, sie hatte die Wohnung, in die später noch die Matrosen eingezogen sind, die ins Waschbecken ... na ja, der geht es schlecht; sie führt das Hündchen hiesiger Herrschaften spazieren! Ich traf sie eines Morgens, sie erkannte mich (obwohl wir uns in jenem Leben nicht kannten!): ›Wenn ich nur irgendwo als Kinderfrau unterkommen könnte!‹ Sie schaute und sah mich so an, wissen Sie, als ob ich etwas für sie tun könnte. Aber was hätte ich denn tun können, Fjodor Nasarytsch, urteilen Sie doch selbst –– wenn Sie es irgendwem erzählen, vielleicht wohnt in Ihrem Haus ein Schriftsteller, so wird er es nicht glauben: für ›vierzigtausend Zeichen‹ erhält man 20 Rubel! – Vierzigtausend Buchstaben soll ich schreiben? – Wieviel müssen es dann sein?! –– Übrigens, die Bücher werden nicht herausgegeben und auch nicht gelesen. Man riet mir, es als Koch zu versuchen ... aber das geht wieder nur mit einer Prüfung – und die besteht man nicht! – man wird für untauglich erklärt. (Und was für eine Fertigkeit auf allen Gebieten haben wir uns damals in Rußland im Lauf der Jahre angeeignet! Oder hat eben alles seine Zeit?) Erinnern Sie sich an L., die größte Wohnung über der unserer Hauswirte, erinnern Sie sich, die waren nur wenig ärmer als die Tereschtschenki: L. ist untergekommen – als Dienstbote in einem Sommerhaus bei Paris, dort hat man ihm auch ein Zimmer gegeben, na, wie damals Ihrem Vater die Hausmeisterräume, als Sie noch klein waren. Kürzlich traf ich einen Mann, einen von den alten ehemaligen Militärs, früher war er sehr reizbar, immer ärgerte er sich und klagte, das war ja auch ganz verständlich, man weiß ja wirklich nicht, wohin: hohe Mauern, und alles ist wie der eine Platz – ›Concorde‹ – nun mach mal was! Er litt große Not, aber jetzt sah ich, daß er ganz aufgeheitert war. ›Gespriesen seist du, Herr‹, sagte er, ›ich bin untergekommen!‹ Und er schaute mich mit freundlichen Augen an (das ist ja etwas so Seltenes!) – er war untergekommen! ›Früher gab es dauernd alle möglichen Intrigen, man stritt sich und wußte nicht, was man noch sagen sollte, überall Diplomatie und Politik, jeder war drauf aus, einen zu überrumpeln und einem das Messer auf die Brust zu setzen, und selber durfte man auch keinen Fehler machen. Aber jetzt weiß ich, wo ich hingehöre, und niemand neidet mir meinen Platz!‹ Der Alte war als Nachtwächter in einer Garage untergekommen. ›Zwei Stunden darf man in der Nacht schlafen: in einem Abstellraum, wo alte Reifen gestapelt sind – man hat Vertrauen!‹ Können Sie sich vorstellen, wie das ist, nachts in einer Garage, in einer Kammer, wo Reifen gestapelt sind – die Feuchtigkeit und diese Luft? ›Man hat Vertrauen‹ – das ist auch etwas sehr Seltenes! In der Tat aber ist wahrscheinlich derjenige der beste, ›der eigene Platz‹ im Leben, den einem niemand neidet. Doch, Fjodor Nasarytsch, gibt es denn auf Erden diesen Platz, diesen Posten, diese Kammer ––«

Die Froschprinzessin

Am Abend saß ich über einem Buch, ich hatte mich sehr hineinvertieft und sprach mit mir selbst. Beim Klopfen schrie ich auf, als hätte mich eine Nadel gestochen. (Das ist immer so!) Es war dunkel. Ich sah nicht richtig – nein, es war kein Brief, sondern eine Expreßsendung –, ich nahm die weiße Schachtel in Empfang: »Ist was zu zahlen?« – »Nein.« Ich gab ein Trinkgeld. Die Schachtel stellte ich zum Spiegel auf den Kamin. Und wieder in mein Buch vertieft, vergaß ich die Schachtel.

– – –

Wir setzten uns zum Tee, und ich sagte:
»Da ist eine Schachtel gekommen.«
»Was für eine Schachtel?«
»Eine Expreßsendung, und es war nichts zu bezahlen.«
Schnell die Schachtel vom Kamin, und wie sie ausgepackt war, da lag darin – nie im Leben hatte ich so etwas gesehen! – ein hauchzartes grünes Kleid mit einem großen grünen Stein als Verschluß, ein wunderschönes Kleid!
»Liegt kein Zettel bei?«
Den ganzen Abend sprachen wir über das Kleid: Wer konnte uns nur ein so kostbares Kleid geschickt haben?
»Das kostet wohl 1000 Franc!«
»1000! Für 1000 kriegt man so was nicht.«
Ein bezauberndes Kleid – und so leicht! – und wie dieser grüne Stein immerzu leuchtet!
Wir gingen unsere Bekannten durch: Wer hatte so etwas tun können – uns dieses Kleid schicken – in der Lieblingsfarbe und der passenden Größe?
»Xenia Leonidowna?«

– – –

»Pjotr Petrowitsch?«

– – –

So ein Kleid besaß niemand! – Wohin sollte man darin bloß ausgehen? – Zum Schriftstellerabend? – Darin um Unterstützung zu bitten, wäre ungeschickt: Es würde jedem in die Augen stechen. – Nirgendwohin konnte man also ausgehen. Für mich war es tausend wert, ein kundiges Auge würde es auf fünftausend schätzen, und wenn die Begierde käme, dann auf zehntausend!

»Na, dann mach dich eben zu Hause schön. Wenn abends jemand kommt ... Pozners werden wir es zeigen: Die werden staunen! Ich werde von der Froschprinzessin erzählen, und wie ich ihr einen Zettel schrieb: ›Schicken Sie mir ein grünes Kleid!‹, ihn in Stücke riß und um Mitternacht aus dem Fenster warf. Am nächsten Abend aber klopft es, ich öffne: Da reicht mir eine Krebsschere oder ein Käfer eine weiße Schachtel herein; und wie wir sie auspacken, da ––«

– – –

»Es gibt doch noch Menschen auf der Welt«, sage ich, »das habe ich immer geglaubt und glaube es noch, und jetzt ist es sonnenklar, und Sie werden mir meine Überzeugung nicht mehr nehmen können! Wahre Menschen, die einem aus heiterem Himmel etwas Gutes tun können.«

Nach diesem Gedanken: »Es gibt doch wahre Menschen auf der Welt!« schlief ich ein – und träumte, oh Wunder, von der Froschprinzessin –

> von der echten, grünen, auf dem Bäuchlein baumelt der grüne, klare Stein, und mit ihrer grünen Flosse zeigt sie mir eine Sardinenbüchse, ich aber gerate in immer größere Aufregung: Die ersten beiden Autos sollen kaputt sein, aber ich spüre, daß auch das dritte kaputt ist! Eben noch war ich damit gefahren; doch ich habe das Gefühl, als führe ich in diesem Moment, und mir wird schwindlig und schwarz vor Augen, ich fühle mich sehr bang und verlassen.

Da erwachte ich.

Am Morgen – (weil man ja auch morgens gut ausfeilen kann,

was man nachts geschrieben hat: das Auge ist klar!) – faßte ich den Entschluß:
»Das Kleid nicht anrühren, sondern es so in der Schachtel lassen: Abwarten, was passiert.«
Ich ging meine Morgeneinkäufe machen, und als ich aus dem »S. P. O.« zurückkam – das ist der türkische Laden in unserer Straße, ein echter Türke sitzt dort in grünen Pluderhosen, mit einer Gebetskette, er betet zu seinem türkischen Gott, und ringsherum ist Naschwerk ausgebreitet: Rahat-Lokum, Rosenkonfitüre (aus Persien), Pistazien, »russische Obstpaste« (aus Vogelbeeren) und Joghurt. Als ich mit einem Töpfchen Joghurt die Treppe hochkam –– da stand die Concierge mit einem Lumpen vor unserer Tür und neben ihr eine Dame.
Kaum hatte ich sie gesehen, da wurde mir schwindlig und schwarz vor Augen, wie im Traum.
»Hat der Expreßbote nicht gestern ein Kleid bei Ihnen abgegeben?«
Ich betrachtete sie genauer: eine elegante Dame –
»Ja, natürlich«, sagte ich.
»Er hat sich geirrt. Im Stockwerk geirrt.«
Ich schloß die Tür auf. Wir gingen zusammen hinein. Und gleich ins nächste Zimmer – ich konnte die Schachtel nicht finden – da hatte ich sie! – in einer Hand das Joghurttöpfchen, in der anderen diese Schachtel.
»Bitte«, sagte ich, »da ist sie.«
Da war ––

Auch der Reißnagel herausgezogen

Herausgezogen! Unter dem Vorwand der »allgemeinen Volkszählung« –– jetzt ist nur noch ein Loch da, wo der Nagel steckte, suchen Sie es!!!

3
MIT LOCH

Die Maler

Am liebsten tapeziere und male ich. Das liegt daran, daß mein Urgroßvater ein Susdaler Malermeister war, oder aber es liegt weder an Susdal noch an meinem Urgroßvater, sondern ich bin einfach so auf die Welt gekommen: Es ist meine Lust und Leidenschaft – ich könnte die ganze Welt tapezieren und die Erde in den leuchtendsten Farben anmalen!

Im zeitigen Frühjahr kamen die Maler zum Fensterstreichen. Ich freute mich sehr über sie: Es würde nach frischer Farbe und Pinseln riechen! Sie sagten: »Nur eine halbe Stunde.« Doch sie strichen einen Tag, und noch einen. Das war nur die Grundierung: Ripolin, – »drei Herren mit Strohhüten malen einander den Rücken an, der erste einen Pfahl« (Reklame in der Metro). Die Fenster sind aufgerissen – es ist kalt, die Tür steht sperrangelweit offen –, es zieht; alle Augenblicke – pinselt einer und geht raus – jedesmal muß man hingehen und die Tür zumachen. Sie haben auf den Fußboden gekleckst – das wird man nicht wegbekommen. Ich wandere durch die Zimmer, kein Eckchen läßt sich finden, wo ich mich hinsetzen und arbeiten könnte, kein Versteck (ich kann weder in Gegenwart von Menschen noch im Freien arbeiten), überall wird gestrichen und geredet.

Wie ich die Farbe liebe, dieses grellorange Ripolin! Doch wann wird das endlich aufhören, noch ist kein Ende abzusehen. »Nur eine halbe Stunde«? Pinselt und geht raus! Ich kann nicht arbeiten – schon den dritten Tag. Es ist ja auch unmöglich: Sie singen! Sowohl in den Zimmern als auch – ich höre es – im Treppenhaus (dort weißeln sie). Welcher Maler sänge denn auch nicht? Es ist ihm eine zwingende Gewohnheit, ohne zu singen, kann er nicht arbeiten. Und niemand beschwert sich: Laß ihn doch singen, wenn er nur seine Arbeit tut und schneller fertig wird: Vor lauter Farbe kann man nicht frei atmen. Mir

aber macht die Farbe nichts aus, ich kann bei seinem Gesinge nicht arbeiten. Da grölt er wieder im Treppenhaus, der Unselige: Nur seine Arbeit zählt, nur er zählt, niemand sonst! Die Nachbarn sind im Dienst, die kümmert das wenig, die merken nichts davon. Den dritten Tag plagen und peinigen sie mich schon. Ich habe den Mantel angezogen (aus irgendeinem Grund friert es mich), ich muß mich erkältet haben. Sie scheinen Schluß zu machen. -- Na endlich! -- Ja, ich bin allein, und nur der geliebte Geruch nach Farbe ist da! Die Tür ist zu, die Fenster sind zu. Sie sind fort!
Ich räume die Zimmer flüchtig auf, wachse die Flecken auf dem Boden mit »Mastika« ein und heize den Kamin an. Ich gehe, komme aber zurück und will mich an die Arbeit setzen.
Ganz vorsichtig öffne ich die Tür einen Spalt weit, um mich nicht schmutzig zu machen.
Und was glauben Sie: In Höhe der Klingel an der Wand, wo einmal der Schwanz hing, und als man ihn abgerissen hatte, der Nagel steckte, sehe ich – es ist alles frisch, faßt man hin, bleiben die Finger kleben! –, das Loch haben sie nicht zugemalt, das Loch ist geblieben, das, wo der Nagel gesteckt hat. Und ich habe mich die ganze Zeit beklagt!
Jetzt werde ich meine Tür an dem Loch erkennen. Ich sinne nach, laufe einen Stock höher hinauf und zur Wand hin – kneife die Augen zusammen: Ist sie glatt, dann bin ich an meiner vorbeigelaufen, und sofort zurück, und wieder zur Wand hin: Das Loch ist da! – voller Gewißheit greife ich zum Schlüssel.

»Die Sowjetmacht«

Ein »pain fendu« für einen Franc in der Hand (es erinnert an unser Weißbrot!), steige ich am Morgen langsam die Treppe zu mir hoch: Bei Regen stimmt etwas mit meinem Bein nicht (das ist meine Neuralgie, die ich immer bei Regen bekomme!), es geht nicht recht. Vor mir ist jemand noch langsamer, stampft

auf dabei. Mühelos hole ich sie ein, gerade auf dem Treppenabsatz vor unserer Tür (das Loch ist da, folglich ist es unsere!). Ich blicke ihr ins Gesicht: eine Russin, ich erkenne es sofort, eine ältere Frau, die etwas altmodisches Braunes trägt. Sie hat es wohl aus Rußland mitgebracht, oder jemand, ebenfalls ein Russe, hat es hier geschenkt. Sie bleibt stehen. Jetzt sehe ich sie klar: Ringe um ihre Augen, wie ausgebrannt, und ich verstehe, welche Mühsal hinter diesen Brandspuren rings um die Augen steckt! Sie schaut, als sei sie an irgend etwas schuld. (Nein, diesen Blick hat sie nicht aus Schuld, nein, den hat sie aus Not!)
Sie beginnt auf französisch. Ringt nach Luft. (Ja, das Treppensteigen ist schwer!)
»Ist das der dritte Stock?«
»Nach hiesiger Zählweise der zweite«, sage ich auf russisch, »nach unsrer der dritte.«
Sie steht da, hält sich am Geländer fest –– (außer dem Schuldgefühl sehe ich noch Schmerz, vielleicht hat sie auch eine Neuralgie?)
»Sie hätten den Lift nehmen sollen«, sage ich. »Der Lift funktioniert.«
Sie schaut, nicht mit den Augen, diese Brandspuren rings um ihre Augen blicken ohne Augenlicht.
»Es ist mir peinlich, jemanden zu belästigen –– das hat mir die Sowjetmacht anerzogen.«
»Das ist doch eine Maschine, was für eine Belästigung sollte das sein – und es ist auch niemand da, den man belästigen könnte.«
Sie aber nahm die Hände vom Geländer, um weiterzugehen.
»Der dritte ist also noch weiter oben?«
»Ein Stockwerk höher.«
»Vielen Dank.«
Und ging – mit Müh und Not.
Ich griff zum Schlüssel – ich war ja schon da.
»Die Sowjetmacht!« Was heißt das? –– »nicht belästigen?« ist es das Bewußtsein irgendeiner Schuld, wenn man sich mit allen

aussöhnt? oder Eingeschüchtertheit (»nicht belästigen!«) und Demut – aber welch eine Sanftmut und Milde – dem Schicksal gegenüber!

Keine Kerze

In der Palmwoche während der Abendmesse. Beim »Großen Einzug«* haben alle ihre Kerzen angezündet, wie es sich gehört. Auch ich habe meine angezündet. Da sehe ich: Mein Nachbar hat keine Kerze in der Hand, nur ein kahles Zweiglein – die »Osterpalme«. Ich schaue so hin und denke nicht ohne Mitleid: »Wahrscheinlich weiß er nicht, daß man Osterpalme und Kerze mitbringen muß (viele gehen jetzt in die Kirche, die früher nie in der Kirche waren!) oder er hat vergessen, eine zu kaufen, und sich zum Kerzenkasten durchzudrängen, ist undenkbar, bei den vielen Menschen!« Eine Weile bin ich traurig für ihn: Alle haben Kerzen, nur er sitzt mit seinem Zweiglein da, und das Zweiglein ist das magerste von allen, eher eine kleine Rute, und besudelt, als hätte er es direkt vom Boden aufgelesen. Und sein müdes Gesicht. Hätte er eine Kerze, würde es vom Licht verschönt.
Ich halte meine Osterpalme, meine Kerze brennt hell. Ich bin glücklich. Aber immer wieder schaue ich hin: »Keine Kerze!« Es ist mir peinlich, ich versuche, meine in zwei Hälften zu zerbrechen, es geht nicht: Den Docht kann man nicht mit den Händen zerreißen, und ein Taschenmesser habe ich nicht. So ein Pech!
Man stimmt den Lobgesang an –– da sehe ich, und im Herzen wird mir weh, nicht unwohl, sondern wohlig weh (dieses Gefühl hat der Mensch, wenn er sich erhebt): Das magere, kahle Zweiglein meines Nachbarn ist erleuchtet, als brenne ein Lichtlein darin, es strahlt wie ein Glühwürmchen, hell von innen

* Tragen der geweihten Abendmahlselemente vom Opfertisch zum Altar. (Anm. d. Übers.)

heraus –– meines aber erscheint mir so trüb und dunkel (trokken!), so licht- und glanzlos.
Schon schäme ich mich: Weshalb habe ich ihm nicht meine Kerze gegeben, nicht die halbe, sondern die ganze? Jetzt braucht er sie nicht mehr.
Schuldbewußt blicke ich ihn an, und sein von dem Lichtlein erleuchtetes Gesicht (jetzt ist mir klar: Dieser Mensch hat Unglück über Unglück hingenommen, er ist offenbar sehr arm) und auf seine Lippen blicke ich, die lautlos, doch sichtbar den Kirchensängern nachsingen: »Wir preisen dich –– Hosianna in der Höhe!«
Ich schweige – ich wage es nicht.

Das goldene Kettchen

Wer kennt nicht den Weg zum Boulevard Raspail Ecke Rue de Rennes – »Crédit Municipal de Paris« – das Pfandleihhaus! Betritt man den Hof, sind immer Leute da!
Am Karsamstag hatte ich mich schon am Morgen aufgemacht. Man mußte beizeiten hingehen und bis 12 alles schaffen. Wir besitzen nur ein einziges wertvolles Stück – ein goldenes Kettchen. Des Goldes, aber auch der Erinnerung wegen: Es war mein erstes Honorar (für »Der Teich«), ich kaufte es bei Fabergé in Petersburg für 80 Rubel. Und bis heute haben wir es. Nur halten wir es selten in der Hand: Es liegt meistens in einem staatlichen Futteral im Pfandleihhaus. Bietet sich die Gelegenheit dazu, löse ich es aus, dann leben wir ein, zwei Tage, und wieder bringe ich es hin. In Rußland bekam ich in der Pfandleihe 40 Rubel dafür, hier in Paris zunächst 100 Franc (»russisches Gold!«) und jetzt bis zu 215 – es ist aufgewertet geworden.
Der Schätzer überprüfte mein »Récépissé« (Aufenthaltsgenehmigung in der Art eines unbefristeten Passes), gab mir eine Metallmarke und schrie:

»215.«
Als meine Nummer aufgerufen wurde, zeigte ich mein Papier und einen an mich adressierten Briefumschlag vor (vom Maler Pounis, ich bewahre ihn für solche Fälle auf), wohl alles, was man brauchte, doch der Kassierer zahlte mir kein Geld aus, er sagte, meine Unterschrift fehle. (Auf der »carte d'identité« hatte ich unterschrieben, aber als sie ausgetauscht wurde, hatte ich es auf dem »récépissé« vergessen.) Er könne mir keines geben.
»Gehen Sie in die Präfektur und lassen Sie sie beglaubigen!«
In die Präfektur gehen! Das hieße ja, einen ganzen Tag vergeuden, außerdem war Samstag und der 1. Mai. Nein, das ging unmöglich. Ich kam jedoch nicht ohne Geld aus: Morgen würde Ostern sein.
»Morgen ist unser Osterfest«, sagte ich. »Das ist ganz unmöglich, ich muß allerhand einkaufen, und Farben brauche ich, zum Eierfärben.«
»Nein, nein und nochmals nein!« Er war ganz verärgert und schaute mich so an, als dächte er: Vielleicht hat er's gestohlen?
»Nein, niemals!«
Da kam der Schätzer dazu: Er hatte ja mein Papier gesehen und mir die Marke gegeben, folglich hatte er nichts gefunden, woraufhin man »niemals« sagen könnte.
»Gehen Sie zur Kontrolle«, sagte er, »und erklären Sie es.«
Ich ging also zur Kontrolle (die Tür brauchte man mir nicht zu zeigen, es war nicht das erste Mal!). In der Kontrolle forschte man in den Büchern nach – schließlich war das Kettchen nur nominell mein Eigentum, in den Büchern aber stand es als das der Pfandleihe: Sie geben es heraus, man hält es in der Hand und legt es wieder in das staatliche Futteral zurück. Der Kontrolleur schreibt einen Zettel, und aus dem Zettel geht hervor, was mir ausgezahlt werden soll. Ich unterschrieb und eilte zurück zum Kassierer. Der Kontrolleur kam mir mit dem Zettel nach.
Sie gerieten aneinander, der Kassierer und der Kontrolleur:

Der eine meinte – auszahlen –, der andere – niemals. Und ein Geschrei, beinahe hätten sie den Zettel zerrissen. Der Kassierer war groß und stark, der Kontrolleur klein und schmächtig. Nach dem Kontrolleur kamen die Schätzer: Sie verließen ihren Platz hinter dem Annahmeschalter, steckten ihre Köpfe zu uns herein, sagten nichts, halfen aber durch ihre Anwesenheit.
Der Kassierer verließ seinen Käfig, nachdem er zum ungezählten Mal sein »niemals« hingeschmettert hatte, und begab sich, ich sah's, geradewegs auf die Toilette. Der Kontrolleur aber: Zettel auf den Tisch und zurück in die Kontrolle.
Da sagte ich zu den jungen Damen – den Damen, die die Eintragungen machen:
»Es ist ganz unmöglich: Morgen ist Ostern. Ich kann nicht in die Präfektur gehen und meine Unterschrift bestätigen lassen. Ich schaffe es nicht. Ich muß Eier färben.«
Natürlich waren alle für mich, sie sagten es zwar nicht laut, aber mit den Augen pflichteten sie mir bei.
Der Kassierer blieb ziemlich lange verschwunden, als hätte er sich dort gemütlich zum Frühstücken gesetzt, nein und nochmals nein. Na, endlich war er fertig. – Er kam, Gott sei Dank! – er kam, machte ein paar Freiübungen und ging in seinen Käfig.
Als wäre nichts gewesen (Not macht erfinderisch), schob ich ihm meine Marke in den Käfig. Er nahm sie und schaute mich nicht an. Ich sah, wie er das Geld herausholte und es abzählte:
»100 – 100 – 10 – 5 = 215«
– – –
Da sagt man, das eine Volk sei gut, das andere gaunerhaft, das dritte –– nein, ich habe es oft erlebt, es liegt nicht am Volk, es gibt nur alle möglichen Menschen, die »Völker« aber sind gleich.
»215! Danke, ich gehe jetzt Eier färben!«

Das Paket

Wieviel Aufregung und Ärger gab es mit dem Paket: Das Paket wurde für Rußland zusammengestellt. Natürlich lauter getragene Sachen, aber keine Lumpen, was man eben noch tragen konnte. So war es richtig, und so hatte man es auch erbeten: Auf getragene Sachen wurde kein Zoll erhoben oder nur sehr wenig. Ich schrieb die Adresse und malte die Buchstaben so, daß sie ein Blinder hätte entziffern können. Wir schickten es ab. Und warteten auf einen Brief: Wie es so gegangen war, ob es rechtzeitig und wohlbehalten angekommen war, und wer sich was ausgesucht hatte. Der Brief kam: »Das Paket ist angekommen, wir haben Scherereien wegen der Zollbefreiung.« Na, das hatte gerade noch gefehlt, was für ein Zoll denn, das waren doch keine Parfums oder modische Blusen, das war nicht das grüne Kleid der »Froschprinzessin« mit dem grünen Stein von Madame Xany, das war alles unscheinbares Zeug, aber warm, für den Winter gerade richtig.

Wieder warteten wir. Allmählich geriet es in Vergessenheit. Es lag so viele Wochen zurück: Natürlich hatten sie es bekommen! Sie würden uns schon noch irgendwann davon benachrichtigen. Ich vergaß das Paket vollständig. Wenn da nicht die Quittung gewesen wäre – »13. März – 12 Franc – UdSSR« –, hätte es keine Spur mehr von ihm gegeben. Heute aber kam ich nach Hause, da fing mich die Concierge ab.

»Ein Paket«, sagte sie, »der Paketbote war da, ich hab's bezahlt.«

»Was für ein Paket?«

Da fiel es mir wieder ein, und ich wünschte, es wäre irgendein anderes Paket und vertrieb den Gedanken: »an Absender zurück«: »Sie haben es nicht angenommen, so ist es zurückgekommen!«

»Es wurde zurückgebracht!« Sie sagte, wieviel sie bezahlt habe, ich verstand: 52 Centimes.

»Ich gebe es Ihnen sofort! 52 Centimes«, wiederholte ich.

»Franc!« verbesserte mich die Concierge. »52 Franc.«
Ich hatte schon das Kleingeld aus meiner Tasche geholt und hielt es in der Hand.
»Sofort –– ich werde es Ihnen oben zurückzahlen.« (Es hatte mir die Sprache verschlagen.)
Sie gab mir das Paket (verdreckt – wie viele Zölle hatte es passiert! der vertraute Geruch der Post- und Telegraphenämter – Rußland!) – und da war auch der Frachtschein, da stand alles drauf, Endsumme: 52 Franc!
»Morgen wär's noch teurer, hat der Paketbote gesagt.«

Der Schatz

Wenn man kein Geld hat und nirgendwo welches auftreiben kann, man aber unbedingt welches auftreiben muß, um abzurechnen – mit der Concierge zum Beispiel oder mit wem auch immer, die Concierge aber muß ihr Geld unbedingt bekommen! –, wiederholt sich die alte Geschichte: Man sucht um sich herum nach Geld, vielleicht hat man ja irgendwo etwas verlegt.
Ich suche und weiß nicht, wo ich noch suchen könnte, in allen Ecken, in Tisch, Taschen und Schachteln stöbere ich, drehe alles um – nichts. Auch dort, wo man gar nicht zu suchen braucht, wo man nichts zu erwarten hat, auch dort schaut man nach. Ach, vergebens. Schließlich habe ich schon so oft nach verlegtem Geld gesucht!
Unsere Wohnung ist möbliert. Es gibt auch ein »möbliertes« Kopfkissen. Ich mache das Bett und will gerade das Kissen aufschütteln, da spüre ich, daß ich etwas Hartes in der Hand habe, ich befühle es – was kann das sein? –– ein Etui?
»Ein Etui im möblierten Kopfkissen«, sage ich, »das müssen Edelsteine oder Brillanten sein!!«
Mit dem Kissen in die Küche. Ich greife zur Schere und trenne es vorsichtig auf, damit die Federn nicht herausquellen und

überall herumfliegen und man sie dann nicht mehr einsammeln kann. Das ist nicht ganz leicht: Es ist mit der Maschine gesteppt. Das Etui halte ich dabei fest, ich habe Angst, es loszulassen: Verschlupft es sich in den Federn, dann fisch es einer mal wieder raus.

»—– was können das wohl für Juwelen sein? Brillanten, natürlich. Und wieviel Geld mag das sein! Es wird für alles reichen: für die Concierge und die Schulden bei Kirejew und ... Wahrscheinlich hat es einer von denen, die vor uns in dieser Wohnung gewohnt haben, im Kissen versteckt. Das waren Japaner. Die haben es vergessen. Vielleicht aber auch jemand vor den Japanern. Komische Käuze! Übrigens, so etwas kommt schon mal vor: Man steckt irgendwo was rein und vergißt es dann.«

Das Kissen habe ich soweit aufgetrennt, daß ich mit zwei Fingern hinein kann. Ich stochere mit dem Finger darin herum, aber wie befürchtet, hat sich das Etui in den Federn verschlupft. Ich fische danach, bekomme es aber nicht zu packen. Es ist entglitten! Ich muß also noch mehr auftrennen – die Federn quellen heraus. Wie ärgerlich! Na ja, ich mache dann wieder sauber. Mit allen fünf Fingern fahre ich hinein – da habe ich es!

– – –

»Das Etui«, sagte ich, »ist überhaupt kein Etui, sondern —–!«

Ich präsentierte ein Stopfei.

So ein Ärger: Nur das Kopfkissen hatte ich aufgetrennt.

Einstweilen hielt ich es mit einer Sicherheitsnadel zusammen.

Nach und nach sammelte ich die Federn vom Boden auf. Und machte sauber.

»—– wer ist denn nur auf diese absurde Idee gekommen: ein Stopfei! ein ganz gewöhnliches Stopfei im Kissen zu verstekken? – Um das Gewicht zu erhöhen? – Na, und diese Versuchung: ein Etui! Vielleicht bin ich gar nicht der erste, der drauf reingefallen ist. Auch die Japaner haben darin gestochert. Und es wieder zurückgesteckt.«

Ein Stopfei! – seitlich ein klein wenig abgeflacht, fast wie ein

Gesicht – ja, ein flaches Gesicht, so etwas gab es –, und ein Federchen war dran klebengeblieben.
Ich begann, einen Vermerk auf das Stopfei zu schreiben: »An dem und dem Tag, als ich kein Geld hatte, aber welches brauchte, gefunden im möblierten Kopfkissen. Ich hatte es für ein Etui mit Brillanten gehalten.«

– – –

»Das ist ja der Stop! ––– Den Stop gibt es! Niemand hat ihn versteckt. Und auch nicht des Gewichtes wegen. Er selbst hat sich in den Federn ein Häuschen gemacht, um es wärmer und weicher zu haben.«
Ich freute mich sehr.
Sie müssen nämlich wissen, den »Stop« zu finden heißt, den Schatz aller Schätze zu finden, er ist ein »Talisman« fürs Haus, er bringt Glück – wir werden Geld auftreiben und unsere Schulden begleichen! – der »Stop« ist der Wächter der Grenzraine und des Grund und Bodens (»stoppen« heißt ja, sich abgrenzen, in unserem heutigen Verständnis, sich gegen Not und Unglück wappnen!) – so ein Glück, den »Stop« zu finden!
Ich nahm ihn an den »Pfötchen« und hängte ihn behutsam zu »Esprit« an die Wand: Die zerzauste Feder an ihm, na, die sah doch haargenau wie ein Bärtchen aus.

Das Finanzamt

Der Postbote brachte ein ungewöhnliches Einschreiben – im roten Umschlag! – er riß ihn in meiner Gegenwart auf, der Umschlag klebte am Kuvert fest. Ich dachte, eine Geldanweisung – irgendwo aus Belgien oder Holland –, und gab dem Postboten 50 Centimes und nicht 25 wie sonst. Als er gegangen war, studierte ich die Adresse: Auf dem Kuvert stand: Herrn Remison, aber die Anschrift stimmte. Vorsichtig schlitzte ich es auf – Geld war nicht recht zu sehen, weder aus Belgien noch aus Holland –

das hiesige Bezirksfinanzamt – ein »Fragebogen« – ich solle beim Inspektor erscheinen und im beigefügten Verzeichnis Erklärungen abgeben.

Auf ein neues, mir unbekanntes Amt zu gehen, ist mir immer angenehm, es erinnert mich an Rußland (wie viele davon sind in den letzten Jahren in Rußland entstanden!), und gegen Erklärungen bin ich auch nicht: Sie sind ein nützliches Sprachtraining.
Ich trug mein Einkommen in das Verzeichnis ein und ging auf Erkundung aus, wo und wann man genau vorsprechen sollte. Ich traf nicht gleich die richtige Tür (es gab ja kein Loch!), fand sie aber zu guter Letzt doch und brachte alles in Erfahrung: »am Samstag bis zum Mittagessen.«
Bekannte sagten: »Keine Sorge! Von Ihnen wird man sowieso nichts verlangen: Ihr Einkommen liegt unter der Norm, das wird nicht besteuert!« Am Samstag aber, als ich zum Inspektor kam, fand ein ganz anderes Gespräch statt, und ich mußte zum Sprachtraining Erklärungen abgeben, auf die ich keineswegs vorbereitet war!
Mein Einkommen unterlag nicht der Besteuerung – daran zweifelte der Inspektor nicht (ein »russischer Schriftsteller«, was hatte der schon für ein Einkommen!), aber (und das war eben der Haken), wie stellte ich es an, ohne Einkommen, das der Besteuerung unterlag, in Paris eine möblierte Wohnung zu mieten.
»Das sind Almosen«, sagte ich, »ich lebe von der Barmherzigkeit!« (Auf russisch: von Ammenmilch!)
Der Inspektor rechnete auf einem Zettel aus, wieviel ich für die Wohnung zahlte, und zählte noch das Essen dazu. Es kam ein Einkommen heraus – amerikanisch!
Ich sagte:
»Sie haben mich mit irgend jemandem verwechselt: Ich bin Remison ...«
Nein, er habe mich mit niemandem verwechselt, und da ich

eine möblierte Wohnung in Paris hätte, müsse ich eine Steuer auf die Wohnung zahlen, aber woher und wie – Almosen oder Barmherzigkeit (Ammenmilch) –, das war unwichtig.
Von wegen nicht steuerpflichtig!
Vielleicht hatte ich mich nicht deutlich ausgedrückt?
– – –
Wieder zu Hause, nahm ich ein leeres Blatt Papier und schrieb in Druckbuchstaben, was mit Worten gesagt werden konnte: weshalb »möbliert«? – (Etwas Unmöbliertes zu nehmen, wäre natürlich viel billiger, aber dafür müsse man sofort eine große Summe zur Hand haben, um das »letzte Jahr« laut Vertrag oder als Ablösung zu bezahlen, noch dazu müsse man ins Kontor gehen und überhaupt jemanden schmieren, das Geld aber bekäme ich nirgendwoher, und niemand gäbe mir dieses Geld!) – und weshalb in Paris? – (na ja, natürlich, außerhalb von Paris war es billiger, aber wie reich müßte man dafür geworden sein, und leisteten sich etwa viele der hiesigen Anatoles Frances den Luxus, nicht in Paris zu wohnen, schließlich führe niemand nach Clamart oder so, um mich und meinesgleichen dort aufzusuchen, und wenn ich mir etwas abzwacken könnte, was nicht der Besteuerung unterläge, dann nur hier, wo ich rasch bei der Hand wäre oder jemandem vor der Nase säße!) – und über das Almosen, das kein Einkommen sei und auch kein Kapital, denn es bringe keine Zinsen, sondern eine Herzensangelegenheit, das menschliche Herz aber sei launisch: Heute sei es ansprechbar, morgen aber erhöre dich eher ein Stein! All das schrieb ich und gab, um einer Geldbuße vorzubeugen, auch mein Einkommen für das laufende Jahr an. Das Ganze als Einschreiben.
Nichts würde dabei herauskommen! Na ja, egal: Außer meinen Büchern (»Produktionsgerät«) hatte ich noch den »Meeresgrund« – meine Spielsachen!

Der Verblichene

Ich war spät vom Bahnhof nach Hause gekommen. Und hatte lange aufgesessen. Ich richtete mich wieder ein. Ich war allein und mußte vor allem Ordnung machen und gleich am nächsten Morgen in völliger Klausur an die Arbeit gehen. Im Schweigen die Träume wahrnehmen.
Ich packte aus, richtete mich ein, und sonderbar: Es war schon ganz spät, aber ständig ging der Lift, als ob jemand rauf- und runterführe.
»Wahrscheinlich ›Tag der russischen Kultur‹«, dachte ich – (meine Vermutungen treffen immer daneben!) – »sie kommen von irgendeiner Abendveranstaltung zurück!«
Ich beließ es bei der »russischen Kultur«.
Am nächsten Tag erfuhr ich es: In unserem Haus lag ein Verblichener, er war gestern gestorben. Deshalb also war der Lift ständig in Betrieb gewesen!
Ich erinnerte mich: Er war noch gar nicht so alt gewesen – ich hatte ihn mehrmals getroffen – er sah jünger aus als er war – lebhaft und rasch. »Er starb an Herzversagen.« Ja, ich erinnerte mich: An seinem Gesicht hatte man gesehen, daß er etwas »am Herzen« hatte. Er war nur kurze Zeit krank gewesen. Keine Woche hatte er gelegen. –– Und weiter erinnerte ich mich: In letzter Zeit war ein kleines Mädchen vor dem Haus herumgelaufen und hatte mit jenen Buben gespielt – ich wußte es jetzt –, die mir den Schwanz abgerissen hatten! Es war nicht mehr da, ich sah es nicht. Das war sein Töchterchen.
Am Abend war das ganze Haus wie ausgestorben. Wahrscheinlich waren viele weggefahren. Ich schaute in den Hof: Alle Läden waren zu, und nur ganz oben sah man lila Vorhänge, durch die ein Lichtlein schimmerte: Dort lag der Verblichene.
Und diese Stille.
Auch die Uhr war leiser geworden. Der Kuckuck rief dumpfer.
Ich sitze da und arbeite – die Stille tut mir gut – es ist doch stiller, als es sein müßte. Ich gehe zu Bett und lösche das Licht –

und mir scheint, wir sind zu zweit im Haus: er dort oben und ich hier. Und sonst niemand. Man wartet, daß man wenigstens einen Pfiff hört oder die frühe Straßenbahn – wohin ist denn alles verschwunden, auch Autos hört man nicht. Hört man aber etwas, wie freut man sich da: Dort ist Leben! – die Stille hier, sie ist eine Totenstille.
Die Concierge schob eine Traueranzeige im schwarzumrandeten Kuvert unter der Tür durch: An alle Hausbewohner. Der Tod wurde angezeigt – von den Verwandten. In meinem unbehausten Wanderleben war ich das gar nicht mehr gewöhnt, wie aus einer anderen Welt klang das: »Verwandte!« – Großvater, Großmutter, Vater, Mutter, Brüder, Schwestern, Vettern, Neffen ... »Familie!« Als er geheiratet hatte, waren auch alle aufgezählt gewesen. Die Beerdigung sollte am Samstag sein. Noch zwei Nächte ––
Zum Samstag konnte ich lange nicht schlafen, erst als es dämmerte, schlief ich kurz ein und erwachte sogleich wieder: Das Fenster stand offen, man hörte – oben wurde geweint.
»–– die letzte Nacht, jetzt ist es also vorbei: Der Mensch wird geboren, das Leben beginnt – wieviel Leid und wieviel Freude! – dann ist die Zeit des Lebens um – Ende!«
Und diese Tränen, die ich hörte – der da oben hörte sie auch, er gab nur keinerlei Antwort –, sie waren wie das sengendste Feuer, das alles verbrannte, alle Tage, alle Leiden, alle Freuden.
»–– weshalb ist das so, dieses Ende? Das Ende ist da, und man kann nichts rückgängig machen und nichts verbessern! Es bleiben die letzten Stunden ––«
Zu diesen Tränen –– wie Regentropfen, zuerst fielen sie unruhig, dann gleichmäßig auf das Fenstersims direkt über meinem Kopf und lullten mich ein mit dem unausweichlichen, unabwendbaren »Ende« –

sah ich: Ich bin aufs Klo gegangen (ein gutes Zeichen – das bedeutet Geld) und will hinter mir zusperren, ich nehme den Haken und will ihn in die Öse stecken – aber es geht nicht, er zerbricht. Da sehe ich, daß es kein Haken ist, sondern ein Zigarrenstummel. Auf dem Flur draußen sind Leute. Ich will die Tür unbedingt verriegeln und stecke den Stummel in die Öse – es geht nicht. Noch einen Augenblick und sie werden hereinkommen –

Ich erwachte: Man klopfte – nagelte etwas an. Irgendwo über mir. Natürlich, da oben. Oder unten? Wahrscheinlich brachte der Dekorateur einen Trauerflor am Eingang an.
Unter diesem hartnäckigen Klopfen – das waren keine Tränen, kein Weinen – es war ein umklammerndes Klopfen – »man schlug Nägel ein!« –, in dieser »Umklammerung« schlief ich wieder ein. Ich wachte vom Lift auf – wie in der ersten Nacht – er fuhr dauernd. Rauf. Und – runter.
»Es geht auf zehn: Bald trägt man ihn hinaus!«
Ich verfolgte die Uhrzeiger.
Als alles still geworden war – ich lauschte hinauf –, horchte ich immerzu, wann sie ihn an meiner Tür vorbeitragen würden.
Ich wartete noch ein Weilchen – sie hatten ihn hinausgetragen! – und ging dann vorsichtig aus der Wohnung.
Im Treppenhaus waren Blätter von Kränzen verstreut, und auf der letzten Treppenstufe lag eine große, tiefrote Rose – so rot – wie Blut! –, und im sonnigen Morgen und vor dem schwarzen Behang wirkte sie noch röter, lebendig – das ungelebte Leben? (nach unserer Rechnung, nicht nach der festgesetzten Frist!) Und dieser Blumenduft.
Auf der Straße holte ich den Trauerzug ein.
Ja, das war sein Töchterchen, und neben ihr – ich erkannte sie – ging jene Dame: Das grüne Kleid der »Froschprinzessin« mit dem grünen Stein war irrtümlich bei mir abgeliefert worden, am nächsten Tag hatte sie es geholt – nur jetzt ging sie ganz in Schwarz und trug einen dichten, schwarzen Schleier.
Ich kaufte mir Brot und ging nach Hause. Vor dem Haus aber stand ein verdeckter Gepäckwagen. Ich dachte, die Milch – nein, die Hygieneüberwachung.

La Désinfection

Am selben Abend war die Stille merklich geschwunden. Die Läden vor den Fenstern standen offen, hier und dort brannte Licht. Am Sonntag hörte man Lachen. Am dritten Tag aber war alles wie immer: Mancher hatte Gäste und Musik, und sonderbar, wie klar man jetzt die Autos und die frühe Straßenbahn mitten in der Nacht hörte, und auch der Kuckuck rief lauter als sonst – war es die »warme Jahreszeit«?

Ich ging am Wurstladen vorbei und ließ mich verführen: Der Schinken sah schon sehr gut aus – »Jambon de Paris!« –, rosa, in Scheiben, sie ließen sich leicht und mühelos schneiden, fielen von selbst aufs Papier. Ich kaufte 125 Gramm und ging nach Hause. Das war mein Mittagessen. Neben dem Eingang sah ich eine riesengroße rosa Matratze an der Wand lehnen. Ich blieb stehen: Die Matratze hatte sich so nach außen gekrümmt, als wäre sie lebendig, und war so rosa wie der Schinken. (Ich erinnerte mich: »das ungelebte Leben ––«)

»Das ist seine, auf ihr ist er gestorben – sie wird gelüftet!«

Das Ende

Sehr einfach: Ich ging an der Haltestelle auf die Straßenbahn zu, um einzusteigen, da raste von hinten ein irrwitziger Autofahrer heran, er fuhr mich um – ich flog auf den Rücken, schon war die Achse zwischen den Rädern direkt über meiner Nase, ich sagte mir: »Ende!« – Doch da hörte man es wie von Flügeln rauschen, und einen Schrei. Das Auto hielt an. Ich zog meine Beine heraus, stand auf wie Pulcinella und ging langsam nach Hause: Irgendwo, spürte ich, hatte ich eins auf den Schwanz bekommen, und die rechte Hand tat weh, sie war wie ein Schwanz.

Zu Hause sehe ich: Mein Feuermännchen – der Zwerg mit der Zipfelmütze – liegt auf dem Boden, die Nase in den Teppich gedrückt. Da verstehe ich, daß er es war, der die Zwerge und Gnome zusammengerufen hatte, um mir zu helfen -- ich verstehe: Als ich hinstürzte, breiteten sie mir etwas unter, der eine den Schwanz, der andere etwas anderes. Danke! Ich hebe ihn vom Boden auf und setze ihn auf seinen Platz in der Ecke, unter »Esprit« und »Stop«. Ich selbst lege mich hin.

– – –

»Weiß er es? – Weißt du es? Wer das ist? – Schließlich sehen er und seine Kameraden klarer als wir. – Du weißt es nicht? – In den letzten Tagen herrscht ein so angespanntes Leben auf diesem tanzenden Stück Globus – Paris! 14. Juli! – mitten in der Nacht Trommeln und Pfeifen – viele Dämonen sind herbeigerufen: Dämonen der blutigen Rache. Wahrscheinlich bin ich mitten hineingeraten – Was ist denn mein Leben wert? Es ist schon sehr nichtssagend! – ja, mittenhinein, und da habe ich was abgekriegt (›auf-den-Schwanz-und-auf-die-Mähne!‹) Noch einen Augenblick – und es hätte ohne weiteres das Ende sein können.«

Ich erinnerte mich, daß mir eines Sonntags nach der Abendmesse in St. Sulpice eine Frau ein Heiligenbildchen geschenkt hatte:

»St. Ange soyez mon guide!«

»Oder können auch Dämonen gegen das vorbestimmte – Schicksal – nichts ausrichten?«

Jene Nächte waren geheimnisvoll, diese Nacht aber --

Das eine will ich sagen: Das Schicksal ist nicht schrecklich, sondern furchtbar; wie ein blinder, schwerer Stein (der auf seine Weise scharfsichtiger ist als ein Schütze!) fliegt es entweder vorüber oder streckt dich nieder. Und du weißt nicht, wann das sein wird und was dich im nächsten Augenblick erwartet – sieh an, auch das Loch ist weg!

4
ALGERISCHE ZAPFEN

Fünf Kringel vom alten Moses

Ich bekam vier Zapfen aus Algerien – ein Zweiglein; stellt man es hin, so wird daraus ein Vogel: Ein Zapfen ist der Schnabel, zwei sind die Flügel und einer ist der Schwanz. Lange dachte ich nach, wo ich den algerischen Vogel hinstecken sollte, damit er an seinem Platz saß, selbst lebte und die anderen nicht am Leben hinderte – mein ganzes Spinnwebvölkchen nämlich und den »Meeresgrund«: die hängenden, sitzenden und liegenden Spielsachen, die vom grünen, knisternden Tang umwunden sind. Ich befestigte den Vogel zwischen den silbernen Kisten (Lux-Seifenkisten, gut für Bücher, und silbern, weil mit Silberpapier beklebt) und merkte plötzlich, daß sich im Zimmer etwas verändert hatte, es war ein wenig unruhig geworden.
»Sie hätten das Päckchen nicht annehmen sollen«, sagte mein Nachbar Salzmann, »ich werde es Ihnen erzählen, ich hatte auch ein Erlebnis mit einem Geist.«
Dr. Salzmann war Wohnungsspezialist – »Büro zur Versorgung der Bevölkerung mit billigen Wohnungen ohne Ablösung«, und vor dem Hintergrund der Pariser Wohnungen waren meine algerischen Zapfen nichts gegen seine Geistererscheinung. Statt unverzüglich aufzubrechen und die Wohnung zu besichtigen – ginge sie einem durch die Lappen, bekäme man nie wieder so eine! –, ließ ich ihn unter dem algerischen Vogel Platz nehmen und spitzte die Ohren.

Salzmann hat Angst vor Löwen. Wenn er in einen Zoologischen Garten kommt, bleibt er möglichst bei den Volièren stehen und erfreut sich an den Vögeln, die Löwen interessieren ihn sehr, doch er umrundet sie lieber: aus Furcht. Sein Großvater Ilja Moissejewitsch aber fuhr nachts allein mit der Kutsche von Tultschin nach Trostjanez durch die finstersten Dörfer und vermied auch Timanowka nicht, von dem man munkelte, daß sich dort um Mitternacht die Toten um das Wegkreuz scharten und niemanden passieren ließen; auch durch Timanowka fuhr er, und nicht nur einmal. Einer seiner Finger war gekrümmt, er hatte sich an einer Glasscherbe verletzt, als er nachts zwei Diebe im Pferdestall fing – der hatte vor nichts Angst.

Ilja Moissejewitsch machte große Geschäfte – er belieferte die Zuckerfabriken mit Zuckerrüben und Kohle und führte eine große Wirtschaft. Die Salzmanns hatten ihr Haus in Tultschin, das man von Puschkin und den Dekabristen her kennt. Die Familie umfaßte fünf Personen: die beiden Alten, einen Sohn und zwei Töchter.

»Im Herbst wurde Brennholz für den Winter herangeschafft, im ganzen Hof stauten sich die Fuhrwerke«, erzählte Salzmann. »Da saßen Großvater und Großmutter: der Großvater schrieb auf, und die anderen kontrollierten, insgesamt waren es acht Leute. In der Dämmerung erschien ein Mädchen im Hof, klein – etwa fünf Jahre alt –, bäuerlich angezogen mit einem Tuch auf dem Kopf, barfuß, in der Hand einen Bund: die Kringel. Es fragte nach Ilja. Alle wunderten sich sehr, woher das Mädchen plötzlich aufgetaucht war – es war nicht aus der Stadt – und zeigten ihm den Großvater. Es lief zu ihm hin: ›Du bist also Ilja?‹ – ›Das ist für dich: fünf Kringel vom alten Moses!‹ Und der Großvater bekam plötzlich einen Schreck: ›Wo kommst du her‹, sagte er, ›von welchem Moses?‹ Die Kinderfrau Awdotja aber, die alte – sie hatte alle großgezogen –, hörte es und schrie dem Großvater zu: ›Nicht annehmen!‹ Da wurden alle neugierig, und auch vom anderen Ende des Hofes rannten sie herbei, um das Mädchen anzuschauen: ›Was für Kringel?‹ Das Mädchen aber war weg: Es war zwischen die Fuhrwerke geschlüpft und verschwunden.

›Fünf Kringel vom alten Moses‹ – daran dachte man noch lange, viel wurde darüber geredet: Schließlich kaufte man nie Kringel, und niemand brachte sie ins Haus, alles wurde im Haus ge-

macht – ›Hausgemachtes‹, und es gab auch keinen alten Moses, der auf die Idee hätte kommen können, Salzmann Naschwerk zu schicken: ›fünf Kringel!‹ Und dieses Mädchen selbst: Äußerlich sah es aus wie eine Fünfjährige – so klein, aber es blickte wie eine Neunzigjährige. Woher war es aufgetaucht, woher kannte es den Namen: Ilja? Es hatte ja nach ›Ilja‹ gefragt.
Die Kinderfrau Awdotja sagte: ›Das bringt Unglück‹. Der Kutscher Apati stellte sich hinter sie. Die Wäscherin Nastasja aber versicherte, die Kringel brächten Glück, und man müsse sie annehmen, das meinte auch Schifra Lwowna, meine Großmutter: Dieses Mädchen mit den Kringeln war ihr vor fünfzehn Tagen im Traum erschienen – die Großmutter hatte sie erkannt, und die Kringel waren dieselben wie im Traum –, ein großer, die anderen etwas kleiner und der fünfte ganz klein. Salzmann selbst aber ging es ständig im Kopf herum: Wenn man nur sicher wüßte, was diese Kringel bedeuten – und was passieren wird, wenn man sie annimmt oder ablehnt? Und weshalb hatte es ihn gegraut, als ihn das Mädchen beim Namen nannte? Nein, er bereute es nicht, daß er sie nicht genommen hatte. Unterdessen liefen die Geschäfte mäßiger – hätte er sie doch annehmen sollen? Die Geschäfte gingen nicht so wie früher, es gab zwar keinen Bankrott, aber auch nichts, dessen man sich hätte rühmen können. Das letzte Wort müßte Jossif Berzis sprechen, der hochbetagte Greis, der oft bei den Salzmanns war, er hatte ja auch das Mädchen gesehen – der alte Jossl aber schwieg.«
Es vergingen fünfzehn Jahre. Die Töchter heirateten, der Sohn heiratete, sein Haus stand gegenüber; die Kinderfrau hatte wieder zu tun, es gab wieder etwas Kleines.
»Im Sommer machte mein Vater einmal einen Besuch und blieb lange aus, er kam einfach nicht wieder. Meine Mutter war sehr in Sorge: Es ging auf Mitternacht zu. Sie dachte: Ich gehe ein bißchen spazieren, vielleicht treffe ich ihn unterwegs. Um nicht allein zu sein, ging sie zum Großvater hinüber und rief meine Tante. Die Tante war einverstanden. Sie traten auf die

Vortreppe hinaus und stiegen hinab – die Nacht war hell, und eine Stille, daß man hören konnte, wie sich die Stufen durchbogen –, da plötzlich stand ein Mädchen vor ihnen, in der Hand einen Bund: Kringel. Es fragte nach Ilja: ›Fünf Kringel vom alten Moses.‹ Meine Mutter wußte von nichts, sie war nicht von hier, es wunderte sie nur sehr: Woher kam das Mädchen mit den Kringeln in der Nacht? Aber die Tante erinnerte sich: Es war dasselbe Mädchen! – und fiel ohnmächtig hin. Meine Mutter stürzte dem Mädchen nach, das Mädchen aber rollte wie ein Ball davon – und war weg.

Na, was sagen Sie dazu?«

Ich betrachtete den Vogel – die vier algerischen Zapfen – und überlegte: Bringen sie mir Glück oder Unglück? Dann dachte ich: Ist es denn wichtig, ob du sie nimmst oder nicht? Man hat sie nun einmal dir gebracht und niemand anderem, das ist der springende Punkt.

»Das ist ein Zeichen«, sagte ich, »diese Kringel sind nur ein Zeichen, fünf Kringel (und im stillen: vier Zapfen!). Das ist der Grund, weshalb der alte Jossl schwieg: Wie soll der Mensch wissen, was sein Schicksal ist?«

Den Ami fangen

Ein Pariser Morgen – wie immer, die Concierge bringt die Briefe und Zeitungen, und unter den Briefen ist der Bescheid über eine unvorhergesehene oder versäumte Steuer, und es vergeht selten ein Tag, an dem man keine »von einem amerikanischen Offizier begonnene Kettenpost« bekommt. Ich bin daran gewöhnt, und wenn in dem Kettenbrief eine Drohung steht, schreibe ich ihn nicht ab – sonst noch was, und die Angst um meine Wohnung, die Steuer, mir reicht's! Wenn aber jemand nur Glück ohne irgendwas verheißt, schreibe ich ihn ab – einem Menschen Gutes zu wünschen, kommt schließlich auch nicht so oft vor!

An diesem Morgen bekam ich wieder einmal »Kettenpost« – eine Karte – mit einem Gedicht:

> Weiße Bär, graue Meer.
> Weiße Bär will feste fresse
> Riecht nach nichts, wo Nase naß ...

»–– die Kette wurde von einem lappländischen Offizier am Tag der Stabilisierung des Franc begonnen. Man schreibe dies viermal ab und gebe die Karten binnen 24 Stunden an Bekannte auf: Dann wird alles gut und im Hause alles wohl bestellt sein.«
Das Gedicht stammte von Selwinskij und die Handschrift von – Kornetow! Nur Alexander Alexandrowitsch konnte so etwas »an Bekannte aufgeben«. (Ich werde Sie ganz bestimmt mit ihm bekannt machen: Kornetow ist eine Legende in Paris!) In Gedanken an Kornetow schrieb ich die stabilisierte Bärin sorgfältig ab und adressierte das erste Exemplar auf einer Postkarte an den Initiator der Kette.
Ich beschloß, unverzüglich zur Post zu gehen, um die Frist von 24 Stunden einzuhalten, und mich dann ruhig und schweigend dem Haushalt zu widmen, als »Küchenmann« – mir obliegen die Pflichten des Kochs, ich bin für die Küche zuständig –, wenn ich alles für das Mittagessen gerichtet hätte, wollte ich mich hinsetzen und schreiben. Doch da passierte etwas Unglaubliches, und deshalb bin ich jetzt auf dem Kommissariat und warte, daß ich drankomme.

An jenem Morgen, als ich mich mit den vier Bärinnen erhob, um sie zur Post zu bringen, da sah ich in meinem Zimmer und traute meinen Augen nicht: *Ich sah nichts!*
Meine gehörnten und schnurrbärtigen Spielsachen, bekannt durch allerlei Interviews, meine Freunde und guten Ratgeber, die in meinem Unglück ihr Leben riskiert und mich mit ihren Schwänzen vor den Autorädern beschützt hatten, alle diese Gnome, Zwerge, Fischgräten, äthiopischen Flaumfedern,

Krebsscheren, Sterne und Frösche – mein ganzer »Meeresgrund« war unbarmherzig von den Schnüren heruntergerissen und bis zum letzten Gräschen und Spinnwebfädchen geraubt worden.

Nur das »Feuermännchen« in seinem schwarzen Zipfelmützchen – der ergibt sich nicht! – saß mutterseelenallein auf dem Tisch, und über ihm hing »Esprit« – der läßt sich nicht anfassen! Und zwischen den Kisten aus Silberpapier schaute mit allen vieren der algerische Vogel hervor.

Das erste, was ich dachte, war: »Der Vogel hat sie gefressen.« Doch als ich mich wieder gefaßt hatte, überlegte ich und hatte jetzt ein sehr schlechtes Gewissen:

»Schließlich muß ja auch der Vogel irgend etwas fressen!«

Am Abend war ich bei Kornetow – bei Kornetow sind immer Leute –, und man stellte mir gleich die Frage:

»Wie kommt es, daß Ihre Spielsachen bei N. gelandet sind: Haben Sie sie ihm geschenkt?«

»Wie bitte, was sagen Sie da?« Ich sagte dies mit ehrlicher Verwunderung: N. war vor nicht allzu langer Zeit bei mir gewesen, wir hatten Tee getrunken, und ich hatte ihm meinen ganzen »Meeresgrund« gezeigt, wir hatten uns freundschaftlich verabschiedet.

»Aber das wissen doch alle, das steht ja doch gedruckt.«

Man gab mir ein Buch und nannte mir die Seite –– unglaublich! Da stand wirklich das vollständige Verzeichnis meiner Spielsachen: »Sie hängen da«!

»Ich habe sie niemandem gegeben.« Das war alles, was ich sagen konnte.

»Aber N. ist nicht dumm: Er hat es verstanden, Ihre Spielsachen weiterzuverkaufen, und zwar, wie es heißt, sehr vorteilhaft an einen Russen, dessen Nachname sehr russisch klingt, aber im normalen Leben kaum vorkommt, er ist eher literarisch: irgend etwas wie Budilnikow.«

»Budylnikow!« verbesserte ihn jemand.

»Nein, Budilnikow, ein literarischer Name.«

Man entrüstete sich und verurteilte dies:
»Mit einem Franzosen kann man so was nicht machen, na, wäre es denn möglich, daß irgend jemand Cocteaus Bilder schnappte und sie auch noch Budilnikow weiterverkaufte, das würde einfach niemand wagen, aber Sie sind Russe – ein russischer Schriftsteller! Auf einen Russen braucht man keine Rücksicht zu nehmen.«
Nicht daß die anderen ihn gerechtfertigt hätten, soweit konnten sie nicht gehen, aber sie suchten nach mildernden Gründen, allen voran, daß es keine böse Absicht gewesen sei, alles sei »nebenbei« passiert – »ihm unter die Finger gekommen« –, und mein Bekannter sei der netteste und gütigste Mensch.
»Der Mensch muß doch schließlich irgend etwas essen!« sagte Kornetow.
Und wissen Sie, ich beruhigte mich. Jetzt schämte ich mich, daß ich nicht gesagt hatte: Na ja, sie sind ihm halt unter die Finger gekommen, sei's drum, war's das wert? Eines Tages wird er selbst einsehen, daß das Letzte wegzunehmen –– Wie oft mußte ich auf unseren Wanderungen durch die weite Welt das Leben neu beginnen, ich werde auch ohne Spielsachen auskommen – in den Interviews wird man nicht mehr schreiben: »Im Zimmer hingen ...«; schließlich sind alle diese Gnome und Zwerge von allein zu mir gekommen, jetzt haben sie sich eben versteckt. Lassen sie sich etwa gewaltsam wiederbringen? Wenn es soweit ist, werden sie alle wieder auftauchen, wenn nicht die einen, dann die anderen! Ich fange ein neues Leben an – nur Bücher und sonst nichts.
Wie leer war es im Zimmer ohne die Spielsachen. Während ich weg war, hatte die Dämmerung die Enden der abgerissenen Schnur aufgehoben, und beim Lampenlicht wirkte es jetzt noch geräumiger, aber auch noch leerer.
Auf dem Tisch saß das »Feuermännchen« in seiner schwarzen Zipfelmütze und schaute mich nicht an: Es schaute irgendwohin zur Seite. Ich verstand: Es war an Gesellschaft gewöhnt, kannte alle und wußte, wer wo hing, jetzt aber war es allein –

»Esprit« zählte nicht! – und hatte niemanden, mit dem er ein Wort reden konnte, und konnte nicht verstehen, wofür? Es war ihm sehr schwer ums Herz.
»Die Dinge leiden!« – verstehen Sie das nicht ... oder meinen Sie, daß dies ein Scherz sei? Nein, es ist die reine Wahrheit. Die Dinge empfinden manchmal etwas schmerzhafter als die mit ihren Angelegenheiten beschäftigten Menschen, denen alles egal ist.
Als ich den verwaist zusammengekrümmten Zwerg betrachtete, fühlte ich mich schuldig – ich schämte mich vor ihm, daß ich an mich selbst gedacht und mich besänftigt und beruhigt, ihn aber ganz vergessen hatte. Da saß er nun und schaute mich nicht an – schaute irgendwohin an mir vorbei, und ich wußte wohl, daß so ein Mensch blickt, den man grundlos gekränkt hat.
Francis Jammes, der Verfasser des »Hasenromans« und der »Dinge«, der hätte mit meinem »Feuermännchen« mitfühlen können: Er kennt diesen Blick, den man nicht ohne Schmerz sehen kann, er hat ihn schon als Kind gesehen und in Erinnerung behalten: So schaute das Pferd mit dem Wagen, als der Besitzer des Spielzeugs gestorben war – »die Dinge leiden!«
Wem konnte er nun etwas sagen, bei wem sich beklagen – und wer verstand ihn hier noch, schließlich war er ein »Zwerg« und sprach nur deutsch.
Plötzlich kam mir die erleuchtende Idee: Ich mußte gehen und diesen Budilnikow oder Budylnikow ausfindig machen, bei dem meine Spielsachen hingen, und mir »zeitweilig« wenigstens die Fischgräte und das Fröschlein von ihm erbeten. Ich wußte, daß sie nicht meinetwegen, sondern des »Feuermännchens« wegen kämen, wenn nicht die einen, dann die anderen, aber vorläufig ––
»*Morgen unbedingt*!« sagte ich auf deutsch zu ihm.
Wie war ich naiv, doch ich hatte mich zu allem entschlossen.

Auf dem Kommissariat wartete ich nicht allein. Vor mir saß ein noch ganz junges Pariser »Lärvchen«. Auch in dem muffig feuchten Kommissariat war es heiß – »der Wind bläst aus der Sahara!« –, das Lärvchen aber hatte einen Mantel an: oder war das in Paris so üblich? Sehr erstaunlich waren ihre Schuhe: Der mäkeligste Schuhmachermeister – Schuster sind immer Skeptiker – hätte nicht weniger verzückt diese Arbeit und dieses Material betrachten können – sie waren wie aus Stahl geformt und federleicht! Auf ihren Knien hatte sie ein Laken liegen, ab und zu faltete sie es auf und wieder zusammen; ich entdeckte irgend etwas Buntes darunter, etwas Formloses und Zusammengeknautschtes, ein äußerst kläglicher Anblick – besonders, wenn man daneben diese glänzenden Schuhe sah.
Als der Beamte erschien, stand sie auf und nannte auf seine Frage nach ihrem Wohnsitz sehr kurz und knapp Straße und Hausnummer. Er sagte ihr, ohne weiter nachzufragen, sie sei hier auf dem falschen Revier, und wendete sich mir zu.
Ich ging zu ihm und schickte mich an, ihm meinen Fall vorzutragen, in der festen Hoffnung, Budilnikow zu finden. Doch sie sprach klar und deutlich mit dem trockenen Nasallaut, den ein Russe nie lernen wird, die Hausnummer aus: 121 – die gehörte genau hierher. So standen wir nebeneinander, als hätten wir denselben Fall.
Ihr Fall aber war der allergewöhnlichste, nichts Besonderes: Am Sonntag seien sie aus dem Kino heimgekommen, sie habe sich ausgezogen, da sei ein Streit entbrannt, und er habe sie hinausgeworfen; sie habe nur noch dies packen können – sie entfaltete das Laken –, am Montag sei sie zu ihm gegangen, um ihre Unterwäsche auszulösen, den dritten Tag gehe sie schon hin und bitte um Rückgabe –
»Aber er gibt sie mir nicht heraus.«
»Wer hat die Wäsche beim Kauf bezahlt?« fragte der Beamte.
»Ami.«
»Dann gehört sie ihm auch.«
Daraufhin schlug sie mit demselben trockenen Nasallaut ihren

Mantel auf – und ich sah: Ich sah nichts! Wie in meinem Zimmer, wo anstelle der Spielsachen die abgerissenen Schnüre in den Ecken hingen, so hatte sie nur eine Art Hemd an.

– – –

Der Beamte ging in ein anderes Zimmer und fragte dort irgend etwas nach. Gleich darauf kam er mit einem anderen wieder und erklärte, daß ihr dieser zur Verfügung stehe.
Sie nannte noch einmal ihre Adresse und ging mit dem Begleiter weg, um den »ami zu fangen«.
»Ami fangen!« Das dachte ich hinterher und begriff plötzlich die ganze Unsinnigkeit meiner Hoffnung. Ich ließ den hinter mir Wartenden vor und ging ihnen nach, aber nicht zu dem Haus, dessen Nummer sie mit dem trockenen Nasallaut so klar und deutlich genannt hatte, sondern zur Post, um meine Karten mit der stabilisierten Bärin aufzugeben –

Weiße Bär, graue Meer ...

Diamant

»Sie werden kommen, wenn nicht die einen, dann die anderen!« Und es gibt keinen Merlin auf der Welt, der es ihnen verbieten könnte!
Aus Warschau erhielt ich die Nachricht, daß zwei Karpatengeister abgeschickt worden seien und bald in Paris einträfen: »Janosik« mit dem Hackebeilchen, der Rübezahl aus der Tatra, und eine Berghexe – Krakauer Handarbeit.
»Feuermännchen« saß sorgenvoll da: Man mußte die Gäste aus den Karpaten empfangen! In seinem Blick lag kein Vorwurf mehr – er würde ja nicht mehr allein sein und in der Dämmerung und nachts »kultivierte Gesellschaft« haben.
Aus der Zeitung: eine Aufschrift auf Fliegenpapier: »Man benützt dieses Papier, indem man es auf einem Teller einweicht.« Das war für Kornetow, und zwar nicht zum Lachen, sondern

zur Erheiterung: stilistische Unbefangenheit der Volkssprache. Und für mich ein Wunder in Kalabrien, aus Cosenza wurde gemeldet: »In der Gemeinde Bocchigliero wurde zum Frühlingsfest des hl. Nikolaus eine hölzerne Statue des Wundertäters in der Prozession mitgetragen, und plötzlich begann sie zu schwitzen, das dauerte den ganzen Tag; man wischte sie mehrmals ab, doch die Feuchtigkeit trat wieder aus.«

Der Tag war erfolgreich, nur sehr heiß – auch mir, der ewig fröstelte, war warm, nachdem ich meine Hüllen abgelegt hatte.

Die beste Stunde zum Schreiben ist die Dämmerung: am Morgen die Kontrolle, in der Nacht die Notizen, Schreiben aber in der Dämmerung. Jetzt hatte sie sich auf den späten Abend verschoben. Am späten Abend setzte ich mich an den Tisch zum Schreiben: mein Thema – das Leben mit seinen wundersamen Begebenheiten.

Bereits seit einem Jahr hat sich in unserem Haus ein fester Brauch eingebürgert: An zwei Samstagen im Monat werden in der Wohnung über uns Zigeunerabende veranstaltet; sie beginnen etwa um acht Uhr, und das Ende läßt sich nicht vorhersehen – gut, wenn um drei Schluß ist, dauert es noch eine Stunde länger, dann ist es auch recht.

Zur Gitarre oder Mandoline singt man ein einziges Zigeunerlied im Chor, ununterbrochen. Und zur selben Musik wird getanzt. Anfangs werden die Worte noch beharrlich und ohne Zaudern ausgesprochen, doch nach Mitternacht können sie sich kaum noch halten, und es klingt mehr nach Wehklagen. Aber es ist immer ein und dasselbe.

Mir ist eine Legende in Erinnerung, nämlich die Legende vom heiligen Nikolaus: Einmal kam man zu ihm und beschwerte sich über die Zigeuner, daß sie auch am Nikolaustag Geige spielten, sängen und tanzten, und man sich nirgends vor ihnen verstecken könne – »sie stören!« Nikolaus sagte: »Verfolgt die Zigeuner nicht: Ihr werdet ohne sie keinen Namenstag und keine Hochzeit ausrichten können, und wie soll der Mensch

leben, ohne zu feiern!« Seither, heißt es in der Legende, können die Zigeuner ihr Unwesen treiben, ohne daß man ihnen beikommt.
Ich verstehe das ja und höre mir nun schon seit einem Jahr wohlwollend und geduldig die samstäglichen Zigeunerlieder an, vielmehr das eine Lied über meinem Kopf, doch es kommt manchmal vor, besonders nachts, na, daß man einfach nicht einschlafen kann und unwillig wird, sich dann aber besinnt und sich selbst vorwirft: »Sie stören! – Ja dürfen die Leute denn nicht feiern?«
Ich sitze an den wundersamen Begebenheiten – über mir das samstägliche Zigeunerlied, Musik und Gestampfe –, ich möchte einen Fall aus dem Leben unserer Nachbarn erzählen: Nebenan ist eine Tischler- und Tapezierwerkstatt, ich kenne die Inhaber, seit Jahren schaue ich ihnen zu, heute kam ihr Sohn, der Pilot war, bei einem Flugzeugunglück ums Leben, erst vor kurzem hatten sie die gesamte Werkstatt geputzt, als erwarteten sie ein Fest, abends saß dann die Inhaberin vor dem »Atelier«, und man schaute sie unwillkürlich an: Was für eine Unruhe in ihren Augen – sie wartete auf etwas! Dieser Fall führte mir heute die ganze Stetigkeit und Erfülltheit des Lebens vor Augen, und seitdem ist mir klar, daß der morgige Tag mit seinen Ereignissen schon heute existiert und auch gestern schon existierte, er ist vollkommen fertig und ausgefüllt vom Morgen bis zum Abend, und nichts läßt sich nach dem eigenen Willen machen! Ich hätte gerne noch – auch heute aus dem Leben gegriffen – vom »Ende« erzählt, das ich gefühlt hatte, aber nicht mit Tolstoi als Sturz in ein Loch, sondern als ein Auffliegen und Aufsteigen auf einer »Leiter«, und vom »Ring« der guten Luftgeister, der weißen und geflügelten, in dem alle Worte des Menschen leicht sind, und Licht.
Doch zum Zigeunerlied stampft man den Takt – es tritt mich nieder, ich kann mich überhaupt nicht konzentrieren. Und schließe das Fenster.
»Im Winter, wie jammert man da, daß es kalt ist«, dachte ich,

»und wenn es regnet, daß es feucht ist, aber was wäre das für eine Wohltat: Regen!«
Ich hatte noch nicht »Regen« gesagt, da donnerte es – und ans Fenster trommelte ein heftiger Regen, mit Hagel untermischt.
»Sieh an«, dachte ich, »das sind ja die taubeneigroßen Hagelkörner, von denen in der Zeitung stand, daß sie auf die wunderbaren Felder von Bocchigliero fielen! Doch ich habe noch nie gehört, daß jemand so einen Hagel wachen Auges gesehen hat!«
Ich lief sofort zum Fenster, riß es auf und streckte den Kopf hinaus ––
Es war spät in der Nacht und nicht nett, aber es mußte sein: Ich ging zur Concierge hinunter und weckte sie – wahrscheinlich stand in meinem Gesicht ein Schrecken und schwang in meiner Stimme eine Angst, als sei Feuer ausgebrochen – sie knöpfte nur den Kittel zu und fragte vorsichtig:
»Wo soll das sein?« Sie glaubte mir nicht: Vielleicht träumte sie noch!
Und wie sie war, ging sie mir nach: »Lö-schen.«
Unterdessen hatte das Gewitter aufgehört, man hörte nur noch das Lied, eine Saite und das Gestampfe.
»Schauen Sie sich das mal an.« Ich zeigte ihr das Fenster. »Ob man den Ort verwechselt hat? Gut, daß ich es noch rechtzeitig zugemacht habe. Soll derjenige, der das getan hat, selber zu mir kommen und mit eigenen Händen das Fenster putzen und das Fensterbrett aufwischen.«
Die Concierge ging ruhig schlafen – »kein Feuer!« Ich war allein und redete mit mir selbst – eine schöne Legende, schöne Wunder waren das! Ich konnte mich nicht beruhigen.
»Bei einem Franzosen käme so etwas nicht vor«, sagte ich, »na, wäre es etwa möglich, daß jemand zweimal im Monat diesen mitternächtlichen Zigeunerzirkus veranstaltete, wenn unter ihm Soupault wohnte, man würde es nicht wagen, aber man weiß ja, da wohnt ein Russe – ein russischer Schriftsteller! Auf einen Russen braucht man keine Rücksicht zu nehmen.«

Die Musik dauerte an, das Lied greinte – ein und dasselbe –, und dennoch legte ich mich hin und beruhigte mich: Ich war entschlossen, meine Meinung zu sagen, wenn morgen jemand zum Aufwischen käme!

Kaum war ich aufgewacht – ich stand früh auf und zog mich eilig an: Man könnte ja gleich kommen! –, da tat es mir wieder leid: »Ich werde schon irgendwie selbst damit zu Rande kommen«, dachte ich, »es ist mir peinlich, einen Menschen zu so etwas zu zwingen, das ist ja, als würde man ihn wie eine Katze mit der Schnauze hineinstoßen!« Ich schaute nach, so vorsichtig, wie es nur ging –– da half mir die liebe Sonne: Sie hatte es ein wenig antrocknen lassen. Als es klingelte, erschrak ich sogar. Gott sei Dank, es war nur die Concierge – sie schleppte einen riesigen Löscheimer an.

»Ich mache es selbst«, sagte sie. »Seien sie unbesorgt.«

»Wer tut denn aber so etwas?« fragte ich.

»Russen, sehr nette, Budilnikow.«

»Budylnikow«, verbesserte ich sie und sprach das harte »y« so deutlich aus, wie sie es nie könnte. »Budylnikow, was ist er denn?«

»Marchand de diamants!« Sie lächelte: so leuchtete und erhellte dieses magische, steinerne Wort »Diamant«.

»Diamant –!« Ich hatte keine Worte mehr, nur noch ein Pfeifen.

Ein Blick aus dem Fenster – drei Kastanien und ein leeres Grundstück und zwischen den Kastanien und dem leeren Grundstück ein Zaun – eine durchgehende, weiße Mauer; früher kratzten Hühner daneben, aber jetzt liefen dort nicht einmal mehr Katzen herum – da sah ich: Auf dieser Mauer saß unter einem Kastanienzweig – vier algerische Zapfen – mein algerischer Vogel: Er war weggeflogen.

BIKU

Graue Steine! Sie sind wie Schatten, wenn die Sonne scheint, Sonnenschatten: Ich gehe und bleibe stehen: spüre, wie sich die Gedanken langsam sammeln. Bei uns im Hof lag ein Stein: Wir alle nannten ihn Steinchen. Woher er aufgetaucht war, wußte man nicht mehr. Meine Erinnerung setzt bei diesem Stein ein. Am Anfang erklomm ich ihn – er kam mir riesig vor. Als ich allmählich größer wurde – oder der Stein kleiner? –, setzte man sich einfach drauf, wie auf einen Hocker. Um den Stein herum spielte man oder tat sonst etwas. Und manchmal, wenn man so dahinging, in sich zerrissen, und auf das Steinchen traf, wurde man irgendwie ruhig.

Ich erinnerte mich an ihn – mein stilles Gefühl –, als ich »zerrissen« zwischen den Menhiren und Dolmen stand – den heiligen Steinen der Druiden. Opferaltäre, Heiligtümer, Denkmäler. (Die Denkmäler wurden nicht für die Toten errichtet, sondern um der Lebenden willen!) Das Umfeld um jeden Stein war erfüllt von Leben, gesättigt von Leben, ich spürte es sofort, und dieses Leben – klingend und schwingend – regte nicht auf, sondern stimmte friedlich.

Was für Nächte! Mondnächte, die ein besonderes Licht haben: vom Meer her und von der Anordnung der Steine. In diesen Nächten gehe ich nicht an die Küste zum Dolmen – nicht wegen der Korriganen, nein, die Korriganen sind Geister, sie dienten den Druiden, jetzt leben sie neben den Dolmen und Menhiren, vor den Korriganen fürchte ich mich nicht: Als »böse« hat man sie sich bei sehr greller Sonne vorgestellt, die einem direkt auf den Kopf brennt; natürlich sind sie eigen, sie können sich nicht an menschliches Maß anpassen und sind dem Menschen natürlich gefährlich. Ja, auch noch deswegen –– oder, wie Biku sagt, »weil«.

Unser Abendspaziergang führt uns über die Landstraße auf einem kleinen Weg zum Dolmen – der Dolmen ist aus Urgestein, wie ein Tisch, er ruht auf fünf Steinfüßen, mit der Nase in der Erde, ringsherum Schlehdorn und Heidekraut –, vom Dolmen geht es die Küste entlang auf Felsen, dort gibt es eine schreckliche Stelle: Man muß hinüberspringen! Dann das Ufer hinauf – der Menhir dort – ein Stein fest in der Erde – ragt wie eine Keule auf, vom Menhir durch einen Weinberg – in einer leeren Pflanzreihe ist ein Hasenloch: Wir stellen uns davor: »Ob das Häschen wohl rauskommt?« Aus irgendeinem Grund kommt es nicht heraus! Den ganzen Heimweg lang schaut sich Biku immer wieder um: »Das Häschen kommt raus!« Ich kenne ihn ja gut – den Barbason! –, er hat immer einen Sack: Darin sind rosa Kandislutscher und Schokoladestückchen in Silberpapier – aber Biku gelingt es nie, das Häschen zu sehen und ihm für seine Gaben zu danken: Da ist gerade einer mit Schnurrbart vorbeigelaufen! Aber das war nicht Barbason, sondern nur ein einfacher Hase.

Oder wir gehen so: aus dem Hof durch das Gärtchen und den Gemüsegarten aufs Feld hinaus und den Brombeerhag entlang über die Felder, am Nest der Zauberschlange vorbei; haben wir die Schlange passiert, wandern wir durch die jungen zu den alten Eichen – dort ist die »Feenquelle«.

Wir sind nie allein, immer mit Großen zusammen: Wir fürchten uns vor allem. Aber wovor? Fragt man Biku, weshalb er Angst habe, antwortet er: »weil«. Wir sprechen die gleiche Sprache. Bikus Fehler bemerke ich nicht, im Gegenteil, ich denke: Wie leicht kommen bei ihm diese so besonders schwierigen Nasallaute heraus. Und er denkt, ich redete wie er, und wenn etwas unverständlich ist, dann »weil«, und nicht, weil ich die Wörter verballhorne und anstelle des einen irgendein anderes sage, das vielleicht gerade nicht paßt.

Vor zwei Jahren, als Biku drei Jahre alt war, dachte er, ich sei jünger als er, sagte »du« zu mir und ließ mich keinen Augenblick allein: Mal mußte man bitte Ball mit ihm spielen, dann

trug man ihm Heu aus einer Ecke in die andere, worin das Spiel bestand, begriff ich nicht, es blieb einem nur, sich zu verstekken, aber vergebens, er fand einen doch, und man mußte wieder tun, was er sagte. Jetzt weiß Biku, daß ich älter bin als er, nämlich zwölf Jahre (12 ist die letzte Zahl, bis zu der er zählen kann!), aber sonst etwa so wie er: Wir fürchten uns vor allem. Als uns der Photograph aufnahm, schlotterte Bikus Bein vor Angst. »Wenn ich auf dem Eselchen säße, hätte ich keine Angst!« Aber mir scheint, auf dem Eselchen wäre es genau dasselbe. Ich sage es Ihnen im Vertrauen: Einen Augenblick lang fürchtete sich Biku auch vor mir: Das war, als wir uns begegneten! Doch nachdem er tief Luft geholt hatte, begann er mir, ohne mich noch anzuschauen, von der Zauberschlange zu erzählen: »Diese Schlange ›Calloche‹ hat niemand gesehn, aber nachts kommt sie raus: Da strolche ich nicht mehr rum!«
Wir haben Angst vor den Autos – sie rasen röhrend auf der Landstraße daher, nachts mit weißen Lichtern! –, wir haben auch noch Angst vor den Bullen – der Wahrheit halber muß ich Ihnen sagen, daß die Bullen keinerlei Notiz von uns nehmen, doch wir machen beim Anblick ihrer Hörner einen Bogen um sie und sprechen ganz leise! – natürlich vor den Hunden, bis auf einen –, Biku fürchtet sich nicht vor Karo, doch damit ich keine Angst vor ihm bekomme, hält er ihn fest. Na, Biku hat auch noch Angst vor Schlangen, und wenn wir am Brombeerhag entlang übers Feld gehen, hat er immer eine kleine Heugabel bei sich, mit der er im Gebüsch herumstochert und »die Schlangen erschreckt«. Doch wovor wir keine Angst haben, sind die Korriganen! Weder tagsüber noch abends sind sie zu sehen: Biku ist einmal unter einen Stein gekrochen, »niemand da!« Doch jedesmal, wenn wir auf den Dolmen zugehen, spitzt er gespannt die Ohren und wartet. Sind die Großen weg, nehme ich ihn an der Hand – und wir tanzen im Kreis herum, wie die Korriganen.
Als wir einmal nach dem Korriganentanz die Großen einholten, biß mich Biku in die Hand. Er tat mir nicht weh, aber es

war sehr überraschend und sonderbar: Am Daumen hatte ich den Abdruck seiner kleinen, gleichmäßigen Zähne. Im Gehen betrachtete ich mir diese Spuren: Weshalb hielten sie sich so lange? Biku aber – hatte er sich plötzlich besonnen? – rannte zu mir und faßte mich an der Hand – und ich spürte, wie er seine Lippen fest auf die wehe Stelle preßte. »Es tut mir nicht weh!« Er schaute mich so an – voller Schmerz; und lief weg, rannte eine Weile herum und kam wieder zu mir, faßte mich sacht an der Hand – und wärmte sie.

Biku ist Bretone, das Letzte, was von den Kelten übrig ist! Und das Letzte – ist entweder sehr grob und materiell (dies stirbt, und wahrscheinlich so wie ein Schlaf ohne Träume – für ewig) oder aber geradeso wie Bikus Augen, aus denen solche Schwermut blickt – wie die Dolmen! diese weit aufgerissenen Augen der Erde. In ihnen steht dieselbe dreitausendjährige Schwermut.

Bikus Augen sind warm, wärmer als seine Stirn und Wangen, das spüre ich immer. (Biku nennt das, die Augen »besabbern«.)

»Auge!« sagt er auf russisch und zeigt mit dem Finger drauf, und ebenso, leicht und klar: »Mund! – Backe! – Stirn! – Händchen!«

Sein kleines Körperchen aber, drückt man es an sich, dann spürt man die Rippen.

»Bauch!« sagt Biku auf russisch, »Füßchen.«

Im kommenden Sommer werden wir zu Charroi gehen, dem hiesigen Barbier, und der wird Biku scheren, wie er mich geschoren hat, und ihn dabei an der Nase halten – sehen Sie – so!

»Auch die Korriganen«, sage ich, »sind alle geschoren.«

»Der Flohkönig auch?«

»Natürlich.«

Biku kennt das Märchen vom »Fuchs und dem Raben«, der Rabe gefällt ihm sehr.

»Auch der Rabe?«
»Der Rabe und auch –– Merlin.«
Im kommenden Jahr werden wir ganz bestimmt nach Carnac fahren, und von Carnac in den Wald von Brocéliande, wo Merlin verzaubert schläft.
Ich habe Biku beigebracht, »eine lange Nase zu machen«: Wir machen das gemeinsam und halten die kleinen Finger aneinander – was kommt da für eine riesenlange Nase heraus! Ich habe ihm auch noch beigebracht, mir die Zunge rauszustrecken. Er streckt mir seine kleine Zunge raus – ich berühre und lobe sie: Seine Zunge ist feucht und fest – »eine gute Zunge!« – und überhaupt nicht kitzlig. Außerdem habe ich ihm beigebracht, »mit den Hörnern auf mich loszugehen«, nur hat er sich mit der »Ziege« schwergetan – er streckte immer die falschen Fingerchen hoch; na, seit er es raus hat, geht er immerzu auf mich los und verzieht den Mund so – sehr furchterregend! Er mag es aber auch, wenn ich auf ihn losgehe.
»Losgehn!« sagt er bestimmt auf russisch und klettert zu mir aufs Bett.
Na, ich gehe mit der »Ziege« auf sein Bäuchlein los – das gefällt ihm sehr: »Kommt die Zie-ge mit den Hör-nern ––«
»Losgehn!«
Bei Tisch sitzen wir neben der Hausfrau: Ihr Teller trennt uns. Ich sehe, wie Biku ißt – er arbeitet mehr mit den Fingern, die Gabel liegt nur so da, zum Schein, und oft ißt er alles ratzeputz auf, mit Haut und Gräten. Biku gegenüber sitzt die Großmutter: Sie ist hundert Jahre alt, klein und spitz (ein Steinchen!) und trägt ein weißes bretonisches Häubchen, sie sagt nichts, schaut nur. Wenn das Gespräch auf die Korriganen, Menhire, Dolmen und Zauberinnen kommt, hört sie aufmerksam zu, und man sieht ihr an, daß sie davon weiß und auch nicht weiß! (Die Druiden verboten, ihr Wissen aufzuschreiben, und es gibt davon kein schriftliches Zeugnis mehr, daher dieses Schweigen – dreitausend Jahre schon!)
Während des Essens übermannt Biku der Schlaf; er zuckt zu-

sammen und beginnt einzunicken, doch nicht genug damit: Während des Redens gleitet er unbemerkt unter den Tisch – ich habe es bemerkt. Dort legt er neben der Großmutter den Kopf auf das Bänkchen unter ihren Füßen, ringelt sich wie ein Brötchen zusammen und schlummert ein wenig. Zum Nachtisch aber taucht er mit Sicherheit wieder auf –– Biku ißt liebend gerne Pfirsiche. Dann begleitet er mich. Ich schalte das Licht ein – für Biku ist das sehr verführerisch: ausschalten und einschalten! Natürlich »gehen wir aufeinander los«, und zum Abschied male ich ihm mit einem lila Stift Korrigane und Bullenhörner in die Handflächen. Er geht mit seinen gespreizten, vollgemalten Händchen schlafen und schläft auch so ein, ohne sie abzuwaschen. Nachts träumt er – er erinnert sich nicht dran –, doch er weint häufig im Schlaf.

Auf dem Speicher über mir wohnt eine Ratte. Tagsüber ist sie draußen im Feld, nachts aber kommt sie zum Schlafen auf den Speicher. Was sie tut, weiß ich nicht, doch ich habe das Gefühl, als werfe sie dort etwas herum und nage an der Decke. Ich weiß ja, die Wände sind aus Stein und die Decke ist stark, und trotzdem – gleich wird sie sie durchgenagt haben und bei mir sein – und mir natürlich nichts tun –, trotzdem bekomme ich Angst. Ich kann nicht einschlafen und lausche immerzu. Endlich ist die Ratte still – hat sie sich etwa die Zähne abgebrochen? –, die Ratte ist eingeschlafen, und ich schlafe auch ein.
Die Ratte verscheucht meine Träume – ich träume nichts.
Doch es gibt auch Nächte – da läuft sie sich am Tag draußen müde und kehrt heim, als gäbe es sie nicht. Und nach der Lektüre – ich lese über Menhire und Dolmen, über die weiße Zaubermistel, über die Sonne und den Stier –

> denn diese Erde und diese Steine – sie sind wie Ägypten – haben dieselbe Erinnerungskraft: hier wie dort ist Carnac, ist der Stier, die Sonne, die »Weisheit« –

doch außer der Archäologie, den »bretonischen Heiligen«, den Rittern der Tafelrunde, König Artus und Merlin und dem letzten bretonischen König Salomo liegt seit vierzig Jahren »Le magazin pittoresque« auf meinem Tisch – ich schaue mir die Bilder an –, habe ich mich müdegelesen und sattgeschaut, schlafe ich ruhig ein. Dann kommen mir Träume aus einer anderen Welt – gruselig durch ihre Ungewöhnlichkeit, deutlich und hautnah, aber überhaupt nicht bedrohlich und ohne dieses schwarze, ermattende Gefühl, mit dem die aufdringlichen »blutigen und knöchernen« Träume in der Erinnerung haften bleiben.

Seit einiger Zeit jedoch – liegt es am Mond? am Meer? an den Korriganen? – haben sich meine Träume in Kampf verwandelt: Es begann mit dem Dolmen: Ich sah ihn klar aus dem Dornbusch ragen – denselben Dolmen, um den Biku und ich bei Sonnenuntergang herumtanzen – und aus irgendeinem Grund wurde mir angst: Etwas zieht mich, ich will nicht hinschauen, tue es aber doch – und kann mich einfach nicht von ihm lösen, nicht erwachen –

> ich sitze in meinem Zimmer am Tisch, die Ratte auf dem Speicher schläft, das ganze Haus ist wie ausgestorben und das Meer ist fort, so still ist es! – plötzlich geht das Licht aus; ich so schnell wie möglich vor die Tür (der Schalter ist draußen), taste suchend herum und kann ihn nicht finden, ich weiß, hier muß er sein – und befühle die Wand mit der Hand – nein, ich taste weiter unten, noch weiter –– und fühle ihn ganz unten am Boden (wo ich schließlich gelandet bin!), ich will ihn anknipsen, es geht nicht, und obwohl es finster ist, kann ich erkennen – der Schalter ist mitten entzwei gebrochen: Man muß die beiden Hälften zusammenfügen, dann wird das Licht angehen! Doch sobald ich die beiden Hälften nehme, um sie zusammenzufügen, merke ich – man hat mich an den Händen gepackt und hält sie fest, auf meine Beine aber hat sich einer drauf-

gesetzt und belästigt mich; ich sehe sie nicht, spüre sie jedoch: »Loslassen«, sage ich, »was fällt Ihnen ein!« Auf meine Stimme hin stieben sie auseinander. Doch kaum strecke ich die Hand aus und will die Hälften nehmen, da packen sie mich wieder an den Händen und stoßen mich zurück – es tut nicht weh, ist nur sehr quälend --

----

aus irgendeinem Grund muß ich auf den Speicher, aber es ist nicht der hiesige Speicher, sondern der in Moskau – dort, wo mein Steinchen ist – ich habe die Tür zum Speicher geöffnet und will hineingehen, aber auf der Schwelle schlägt mir etwas entgegen – und von hinten werde ich an den Händen gepackt. Ich will zurück – man läßt mich nicht. Ich befreie eine Hand und hebe sie hoch – da beginnt sich die Finsternis zu zerstreuen, und weit hinten auf dem Speicher sehe ich einen alten Mann neben dem Dachfenster sitzen: Er sieht aus wie Tagore, seine Augen aber, die wie in Wasser schwimmen, brennen. »Aratimtich!« sage ich. Weshalb ich diesen Namen »aratim-tich« gesagt habe, weiß ich nicht, und ob er etwas bedeutet, weiß ich auch nicht, doch ich spüre, wie mir leicht und frei wird, und den Blick auf den Alten und seine brennenden, schillernden Augen geheftet, gehe ich ganz langsam hinaus –

Neumond – andere Träume. Doch da überfielen mich die Flöhe. Auch der »Flohkönig« half nicht und »Lakasak«, dieses gelbe persische Pulver, nützte nichts. Es stellte sich heraus, daß das ganze Haus von Flöhen angegriffen wurde.

Als ich eines Morgens den irgendwohin davongerollten Radiergummi suchte und mir die Wirtsleute beim Suchen halfen, schaute Biku herein und fragte:

»Sucht ihr Flöhe?«

Die Geschichten von den Korriganen, Feen und Zauberinnen – sie konnten den Menschen in ein Staubkörnchen verwandeln und sich selbst in eine Maus! – waren für eine Weile passé und die Flöhe vergessen. Das »Fliegenreich« erfüllte alles: Ich war in der benachbarten Vendée gewesen, wo das Meer nicht wie unser bretonisches an die schroffe Felsküste brandet (ein Teil brach ab und ging mit Atlantis unter), sondern wo »richtiges« Meer ist – in dem das goldene Fischlein lebt! – und gewellter Sandstrand.

In der Vendée lebte ein mir bekannter Keltologe. Er holte mich vom Bahnhof ab. Noch auf dem Weg fiel mir auf: Aus irgendeinem Grund verwendete er im Gespräch Fliegen als Vergleich – »das entspricht etwa 1000 Fliegen!« oder »das kostet viel mehr als 77 Fliegen!« Ich beachtete es nicht weiter: Es gibt ja so merkwürdige Vorlieben und Redensarten. Doch als wir in sein Haus kamen, verblüffte mich die seltsame Dekoration des Zimmers: Von der Decke hingen quadratische Zettelchen an Bindfäden herab, und was noch merkwürdiger war: Während des gelehrten Disputs ging der Hausherr zu diesen klebrigen Zettelchen, betrachtete sie konzentriert (zählte er?) und notierte daraufhin irgend etwas nicht ohne Erregung. Mittags unterbrach er das Gespräch, überprüfte erneut die Zettel und sagte erleichtert: »75.« Wir brauchten Tee und gingen in den Laden. Doch bei unserem Erscheinen rührte sich die Chefin weder auf die Ladenglocke noch auf unseren Gruß hin: Die Augen auf ebensolche Zettel geheftet, zählte sie etwas, und eine andere – die Verkäuferin – stand neben ihr wie ein Ölgötze mit gezücktem Stift; »50«, schrie die Chefin und wandte sich uns zu. – Ich verstand nichts! – Ich begann, den Gesprächen zuzuhören: Man sprach über etwas ganz Gewöhnliches und so, wie es sich gehörte, doch alle Wörter waren von dem einen aufdringlichen Wort »Fliege« umrankt. Es stellte sich heraus, daß eine Zauberin Menschen in schwarze Fliegen verwandelt hatte, deshalb war eine Verordnung ergangen: Überall sollten klebrige Zettel aufgehängt werden, um die Fliegen anzuziehen, und über die gefangenen Fliegen sollte genau Buch geführt werden, und für den, der am meisten fing, hatte man eine hohe Belohnung ausgesetzt; die Belohnung wurde mit einer Milliarde schwarzer Fliegen veranschlagt! Am nächsten Tag zur Mittagsstunde geschah vor meinen Augen eine wundersame Verwandlung: Ein herankommender Ausflugsbus mit Amerikanern drin erhob sich plötzlich in die Luft, begann zu summen und schwirrte über dem stiebenden Sandstrand herum ––

Biku lauschte meinen Erzählungen vom »Fliegenreich« mit solchem Vergnügen, daß wir beschlossen, im kommenden Sommer unbedingt in die Vendée zu fahren, die Zauberin zu suchen und ihr das Geheimnis zu entlocken, wie Menschen in Fliegen verwandelt werden.
»Doch unter einer Bedingung: daß wir niemandem etwas sagen – sonst verwandelt man uns selbst in Fliegen.«
»Das wäre unpraktisch!« meinte Biku.

Die letzten Tage gehen wir vom Dolmen und Menhir Abschied nehmen, und zur »Feenquelle«. Mir fällt die Fee Arma und der Stein des Marc Pen-Rhys ein –

doch das wird Biku nicht verstehen: Liebe, Entsagung im Namen der Liebe, Heldentat, Treue und Untergang! –

und ich erzähle ihm nur von den Korriganen: wie Arma, als Pen-Rhys auf dem Pferd reitet, die Korriganen ausschickt, um ihm den Weg zu bahnen und sich unter ihn zu breiten, wenn er stürzen sollte, damit es ihm nicht weh täte.
Nach dem Essen, als ich Bikus Händchen wie immer mit Kor-

riganen und Hörnern vollgemalt hatte, schaute er mich mit seinen schwermütigen dreitausendjährigen Augen an und sagte ganz leise zu mir:
»Wir sind doch Freunde, ja?«
Ich streichelte seine kleinen Rippen – sein Herz (ein lebendiges Steinchen) klopfte ruhig – und versprach ihm: Sobald ich wieder in Paris wäre, wollte ich bei Barbason vorsprechen, das Häschen wäre sicher einverstanden. Dann schickte ich ihm unverzüglich: einen spitzen rosa Hut mit einer Mondsichel und Sternen drauf, eine goldene Krone, einen rosa Bart, einen silbernen Beutel mit einer silbernen Heckmünze drin und eine rosa-grüne Brille. Biku sollte sich herausputzen und zum Dolmen gehen, dann kämen alle Korriganen heraus und tanzten mit ihm drumherum!

Biku weiß: Erst vor dem Schlafengehen kann er zu mir. Wenn er aber mal hereinkommt und ich arbeite gerade, dann nehme ich den »Stoglaw«* und lese laut – und sofort verschwindet er: »Ich verstehe nichts und will nicht stören.« Am Tag vor meiner Abreise kam Biku zur falschen Zeit, ich wollte schon zum »Stoglaw« greifen, sah jedoch, daß er gar nicht daran dachte, es sich bei mir gemütlich zu machen, sondern ein Anliegen hatte: Man nahm ihn in den Weinberg mit, um Gras für die Kaninchen zu jäten, da war er schnell hergelaufen, um mich zu bitten aufzupassen –

er legte einen uralten Geldbeutel und ein Schächtelchen, in dem Puder gewesen war, auf den Tisch – seinen heimlichen Schatz, nie trennte er sich von ihm!

Als Biku gegangen war, schaute ich nach. In dem Schächtelchen war nichts – leer, in dem Beutel aber war ein kleines Photo

* Aus 100 Kapiteln bestehende Sammlung von Kirchengesetzen. (Anm. d. Übers.)

– wie man sie in Medaillons trägt –, irgendeine Dame, schwer zu erkennen, das Photo war vergilbt und ausgeblichen.
Am Abend vor dem Essen übergab ich Biku seinen Schatz. Er rannte sogleich aus dem Eßzimmer, um ihn zu verstecken. Ich erkundige mich nach dem gehüteten Photo: Wer ist das? – Niemand weiß es; und woher hat er es? – man weiß es nicht. Die Großmutter aber schaut – weiß sie es ––?

Paris
1924–1928

Inhalt

Bibliothek Suhrkamp

Verzeichnis der letzten Nummern

926 Wolfgang Koeppen, Tauben im Gras/Das Treibhaus/Der Tod in Rom
927 Thomas Bernhard, Holzfällen
928 Danilo Kiš, Ein Grabmal für Boris Dawidowitsch
929 Janet Frame, Auf dem Maniototo
930 Peter Handke, Gedicht an die Dauer
931 Alain Robbe-Grillet, Der Augenzeuge
934 Leonid Leonow, Evgenia Ivanovna
935 Marguerite Duras, Liebe
936 Hans Erich Nossack, Das Mal und andere Erzählungen
937 Raymond Queneau, Die Haut der Träume – »Fern von Rueil«
938 Juan Carlos Onetti, Leichensammler
939 Franz Hessel, Alter Mann
940 Bernard Shaw, Candida
941 Marina Zwetajewa, Mutter und die Musik
942 Jürg Federspiel, Die Ballade von der Typhoid Mary
943 August Strindberg, Der romantische Küster auf Rånö
944 Alberto Savinio, Maupassant und der andere
945 Hans Mayer, Versuche über Schiller
946 Martin Walser, Meßmers Gedanken
947 Ödön von Horváth, Jugend ohne Gott
948 E. M. Cioran, Der zersplitterte Fluch
949 Alain, Das Glück ist hochherzig
950 Thomas Pynchon, Die Versteigerung von No. 49
951 Raymond Queneau, Heiliger Bimbam
952 Hermann Ungar, Die Verstümmelten
953 Marina Zwetajewa, Auf eigenen Wegen
954 Maurice Blanchot, Thomas der Dunkle
955 Thomas Bernhard, Watten
956 Eça de Queiroz, Der Mandarin
957 Norman Malcolm, Erinnerungen an Wittgenstein
958 André Gide, Aufzeichnungen über Chopin
959 Wolfgang Hoffmann-Zampis, Erzählung aus den Türkenkriegen
961 August Scholtis, Jas der Flieger
962 Giorgos Seferis, Poesie
963 Andrzej Kuśniewicz, Lektion in einer toten Sprache
964 Thomas Bernhard, Elisabeth II.
965 Hans Blumenberg, Die Sorge geht über den Fluß
966 Walter Benjamin, Berliner Kindheit, Neue Fassung
967 Marguerite Duras, Der Liebhaber
968 Ernst Barlach, Der gestohlene Mond
969 Tschingis Aitmatow, Der weiße Dampfer
970 Christine Lavant, Gedichte
971 Catherine Colomb, Tagundnachtgleiche
972 Robert Walser, Der Räuber
973 Franz Rosenzweig, Der Stern der Erlösung

974 Jan Józef Szczepański, Ikarus
975 Melchior Vischer, Sekunde durch Hirn/Der Hase
976 Juan Carlos Onetti, Grab einer Namenlosen
977 Vincenzo Consolo, Die Wunde im April
978 Jürgen Becker, Felder
979 E. M. Cioran, Von Tränen und von Heiligen
980 Olof Lagercrantz, Die Kunst des Lesens und des Schreibens
981 Hermann Hesse, Unterm Rad
982 T. S. Eliot, Über Dichtung und Dichter
983 Anna Achmatowa, Gedichte
984 Hans Mayer, Ansichten von Deutschland
985 Marguerite Yourcenar, Orientalische Erzählungen
986 Robert Walser, Poetenleben
987 René Crevel, Der schwierige Tod
988 Scholem-Alejchem, Eine Hochzeit ohne Musikanten
989 Erica Pedretti, Valerie
990 Samuel Joseph Agnon, Der Verstoßene
991 Janet Frame, Wenn Eulen schrein
992 Paul Valéry, Gedichte
993 Viktor Šklovskij, Dritte Fabrik
994 Yakup Kadri, Der Fremdling
995 Patrick Modiano, Eine Jugend
997 Thomas Bernhard, Heldenplatz
998 Hans Blumenberg, Matthäuspassion
999 Julio Cortázar, Der Verfolger
1000 Samuel Beckett, Mehr Prügel als Flügel
1001 Peter Handke, Die Wiederholung
1002 Else-Lasker-Schüler, Arthur Aronymus
1003 Heimito von Doderer, Die erleuchteten Fenster
1004 Hans-Georg Gadamer, Das Erbe Europas
1005 Hans Jonas, Das Prinzip Verantwortung
1006 Marguerite Duras, Aurelia Steiner
1007 Juan Carlos Onetti, Der Schacht
1008 E. M. Cioran, Auf den Gipfeln der Verzweiflung
1009 Marina Zwetajewa, Ein gefangener Geist
1010 Christine Lavant, Das Kind
1011 Alexandros Papadiamantis, Die Mörderin
1012 Hermann Broch, Die Schuldlosen
1013 Benito Pérez Galdós, Tristana
1014 Conrad Aiken, Fremder Mond
1015 Max Frisch, Tagebuch 1966–1971
1016 Catherine Colomb, Zeit der Engel
1017 Georges Dumézil, Der schwarze Mönch in Varennes
1018 Peter Huchel, Gedichte
1019 Gesualdo Bufalino, Das Pesthaus
1020 Konstantinos Kavafis, Um zu bleiben
1021 André du Bouchet, Vakante Glut / Dans la chaleur vacante
1022 Rainer Maria Rilke, Briefe an einen jungen Dichter
1023 René Char, Lob einer Verdächtigen / Eloge d'une Soupconnée
1024 Cees Nooteboom, Ein Lied von Schein und Sein

1025 Gerhart Hauptmann, Das Meerwunder
1026 Juan Benet, Ein Grabmal / Numa
1027 Samuel Beckett, Der Verwaiser / Le dépeupleur / The Lost Ones
1028 Ulrich Plenzdorf, Die neuen Leiden des jungen W.
1029 Bernhard Shaw, Die Abenteuer des schwarzen Mädchens auf der Suche nach Gott
1030 Francis Ponge, Texte zur Kunst
1031 Tankred Dorst, Klaras Mutter
1032 Robert Graves, Das kühle Netz / The Cool Web
1033 Alain Robbe-Grillet, Die Radiergummis
1034 Robert Musil, Vereinigungen
1035 Virgilio Piñera, Kleine Manöver
1036 Kazimierz Brandys, Die Art zu leben
1037 Karl Krolow, Meine Gedichte
1038 Leonid Andrejew, Die sieben Gehenkten
1039 Volker Braun, Der Stoff zum Leben 1-3
1040 Samuel Beckett, Warten auf Godot
1041 Alejo Carpentier, Die Hetzjagd
1042 Nicolas Born, Gedichte
1043 Maurice Blanchot, Das Todesurteil
1044 D. H. Lawrence, Der Mann, der Inseln liebte
1045 Jurek Becker, Der Boxer
1046 E. M. Cioran, Das Buch der Täuschungen
1047 Federico García Lorca, Diwan des Tamarit / Diván
1048 Friederike Mayröcker, Das Herzzerreißende der Dinge
1049 Pedro Salinas, Gedichte / Poemas
1050 Jürg Federspiel, Museum des Hasses
1052 Alexander Blok, Gedichte
1053 Raymond Queneau, Stilübungen
1054 Dolf Sternberger, Figuren der Fabel
1055 Gertrude Stein, Q. E. D.
1057 Marina Zwetajewa, Phoenix
1058 Thomas Bernhard, In der Höhe, Rettungsversuch, Unsinn
1059 Jorge Ibargüengoitia, Die toten Frauen
1060 Henry de Montherlant, Moustique
1061 Carlo Emilio Gadda, An einen brüderlichen Freund
1062 Karl Kraus, Pro domo et mundo
1063 Sandor Weöres, Der von Ungern
1064 Ernst Penzoldt, Der arme Chatterton
1065 Giorgos Seferis, Alles voller Götter
1066 Horst Krüger, Das zerbrochene Haus
1067 Alain, Die Kunst sich und andere zu erkennen
1068 Rainer Maria Rilke, Bücher Theater Kunst
1069 Claude Ollier, Bildstörung
1070 Jörg Steiner, Schnee bis in die Niederungen
1071 Norbert Elias, Mozart
1072 Louis Aragon, Libertinage
1073 Gabriele d'Annunzio, Der Kamerad mit den Wimpernlosen Augen
1075 Max Frisch, Biedermann und die Brandstifter
1076 Willy Kyrklund, Vom Guten

Bibliothek Suhrkamp

Alphabetisches Verzeichnis

Bonbonniere« war! Sie war aus lauter Teilen zusammengesetzt: Die Beine waren angestückt, und die Arme und auch der Kopf. Ich gab ihr die Hand – und riß ihr den Arm ab. »Was soll das heißen?« Ich fuhr plötzlich: Ich saß sehr niedrig und streifte mit den Füßen die Erde. »Das ist ein Balken auf einem Rad!« erriet ich. »Ich sitze auf dem Balken, und vor mir ist das Rad.«
»Wieso bewegen wir uns denn?«
»Das ist doch ein Eisenbahnrad!« lachte man.
Ich befand mich plötzlich in einem Keller.
Alle strömten herbei. Doch es war keine Versammlung, sondern ein Ball. Man tanzte. Und so eng, wie kopulierende Hunde, die sich nicht trennen können. Da bemerkte ich, daß sich Muchin aus den Tanzenden herauslöste – wie eine Blume klemmten die Flügelchen einer Fledermaus zwischen seinen Zähnen –, er brachte mir sehr viel Sympathie entgegen.
»Wissen Sie«, sagte ich, »ich will nicht teilnehmen, weshalb bedrängt man mich bloß so?«
Ich entfernte mich vorsichtig und ging weg – man bemerkte es beim Tanzen nicht. Ich ging weg, Gott sei Dank! In die Kirche aber ließ man mich nicht hinein. Nur ins Refektorium. Das Refektorium war sehr niedrig und hatte ein Kreuzgewölbe. In der Mitte befand sich ein kleiner freier Platz, dort hatte man ein »Pferd« aufgestellt – und alle sprangen hinüber. Muchin schätzte die Höhe genau ab und schwang sich, man mußte es ihm lassen, sauber rüber, ich aber berechnete nichts und schlug mit der Nase auf dem Boden auf. Da bemerkte ich, daß auch noch allerlei Getier mit uns sprang – Schlangen, Mäuse, Putenküken, lauter kleine Tiere, es gab auch ganz kleine darunter – Kaulquappen und zwei Fröschlein mit grünen Käppchen –, waren sie drüben, so rannten alle in eine Höhle. Über der Höhle aber brannte eine Kerze ––

»Die Kerze ist verschwunden!« Ich vernahm Pater Dalmats Stimme und erwachte sofort.
Pater Dalmat stand mit dem Kerzenleuchter in der Tür:

> Sobald es hell geworden war, war er aufgestanden und auf den Gang gegangen, um die Kerze zu suchen, er hatte in alle Ecken und auf den Treppenabsatz geschaut und war nun wieder da:

»Die Kerze ist verschwunden!«

Die Aufwartefrau kam früh, um die Zelle aufzuräumen.
Pater Dalmat erzählte ihr von der Kerze:

> Der Kerzenleuchter hatte sich gefunden, doch die Kerze war weg!

»Ich habe mich nicht getraut, Sie zu warnen, verzeihen Sie!« flüsterte die Aufwartefrau. »Am Abend habe ich Angst, allein hier hereinzukommen, ich nehme immer das kleine Mädchen mit: So was passiert hier eben. Verzeihen Sie.«

– – –

Pater Dalmat und Pater Kulik gingen in die Kirche.
Die Aufwartefrau räumte die Zelle auf, und ich blieb allein.
Es war ein so wundervoller Morgen – ein so satter, feuchter Wind und warm dazu.
»Hauptsache, man hat vor nichts Angst«, dachte ich. »Das sollte die Grundregel der Erziehung sein. Aber von klein auf ist man immer irgendwie schüchtern und hat immer irgendwelche Hemmungen. Nein, man muß schon dem kleinen Kind beibringen, drauflos zu gehen und vor nichts Angst zu haben.«
Um mir die Zeit zu verkürzen, zog ich meine Brieftasche heraus und stülpte sie um – vielleicht hatte sich etwas verschlupft!

– nein, es war nichts drin, nur meine carte d'identité, ja und ein Briefumschlag mit einem Autograph von L. N. Tolstoi.

> Bittgesuch um Unterstützung von Pelageja Nowikowa an das Landesamt von Krapiwna – ihr Mann ist zum Kriegsdienst im Japankrieg eingezogen worden – L. N. Tolstoi hat für die schreibunkundige Nowikowa unterzeichnet und die Anschrift auf dem Umschlag geschrieben.
> Feine, langgezogene Buchstaben, wie gestochen.

Scheu trat die Aufwartefrau ein, legte die Post für Pater Dalmat auf den Tisch und ging auf Zehenspitzen hinaus.

– – –

Ich dachte an L. N. Tolstoi –

> Ich hatte Tolstoi nie gesehen, es hatte sich nicht ergeben. Einmal war ich in Moskau im »Skomorochen« (Volkstheater) gewesen, als »Die Macht der Finsternis« aufgeführt wurde. Hinterher las ich in der Zeitung, daß auch Tolstoi am selben Abend in diesem Theater war, er hatte auf dem Olymp gestanden – auch ich hatte auf dem Olymp gestanden – und ihn nicht bemerkt!
> Vom Grammophon hörte ich Tolstois Stimme: Er sprach im »Lesekreis« über einen Weisen und wie dieser Weise beschimpft und verspottet wurde. Der Weise aber habe, ohne im mindesten erzürnt zu sein, geantwortet: »Ihr wißt noch nicht alles über mich, sonst hättet ihr das nicht gesagt!« Daran mußte ich in meinem Leben oft denken. Ich höre diese Stimme nicht aus heiterem Himmel, sondern dann, wenn mein Herz vom Grübeln aufgestört ist.
> Einmal ging ich abends den Newski-Prospekt entlang – noch in Zeiten vor der Revolution – zur Stunde, wo man ausfuhr. Die Menge schob sich dicht in meiner Richtung voran und mir entgegen, viele Equipagen und Automobile waren unterwegs, es war schwierig, auf die andere

Seite zu kommen. Ecke Newski-Prospekt und Ligowka hörte ich, wie eine Frau irgend etwas ausrief, sie hatte Flugblätter in der Hand; ich habe vergessen, was sie rief, und erinnere mich nur noch an eins, es fing an: »Lew Tolstoi exkommuniziert ––« und weiter in diesem Reim wenig Schmeichelhaftes. »Eine Johanniterin!« dachte ich. Als ich näher bei ihr war, blickte ich ihr ins Gesicht. Sie rief immerzu dieses Sprüchlein aus, wie eine Elster. Das Gesicht war offen und schwarzumhüllt, in ihren Augen blitzte stechend der eine fixe Gedanke. Wahrscheinlich bemerkte sie mich nicht, sie hatte für niemanden ein Auge. »Na, sollte man ihr nicht mal das Märchen von den ›Drei Starzen‹ vorlesen«, dachte ich, »das so vom Wunderglauben verklärt ist und selbst im wundertätigen Licht des menschlichen Herzens leuchtet?« – »Je nun, Märchen sind Märchen!« würde sie antworten und wieder auf dem Newski-Prospekt Ecke Ligowka stehen und stundenlang immer ein und dasselbe ausrufen und die Flugblätter fest in der Hand halten ––«

»Nein«, dachte ich, »die Kerze ist zwar verschwunden – man weiß hier etwas nicht und kann es sich nicht erklären, deshalb gerät man in Verwirrung – die Dinge leben ihr eigenes Leben! – doch schrecklich ist daran nichts. Ich will es mal so sagen: Dieses ›Teuflische‹ verstehe ich nicht, doch es ist mir begreiflicher als anderes –– Bedenken Sie doch nur, was für Freude, Licht und Wärme der Mensch dem Menschen geben kann, und was passiert auf der weiten Welt? In welchem Unglück, welcher Verzweiflung leben die Menschen, oder aber in welch unaufgeklärter Stumpfheit, wo jedes Wort lügenhaft ist! Nein, das Teuflische ist mir irgendwie begreiflicher ––«

– – –

Pater Kulik kam aus der Kirche zurück.
Wir kochten zusammen das Mittagessen. Ich versuchte, ein Gespräch über Aloyse Prist anzufangen.